天才作家スズ★特製ポストカード

Postcard

Great Author SUZU

『天才作家スズ秘密ファイル』 作：愛川さくら 絵：市井あさ 角川つばさ文庫

★点線で切りとって使ってね！

天才《てんさい》作家《さっか》スズ秘密《ひみつ》ファイル⑦

アップルパイ姫《ひめ》の恋人《こいびと》

愛川さくら・作
市井あさ・絵

角川つばさ文庫

もくじ

人物紹介《じんぶつしょうかい》

スズ

天才作家《てんさいさっか》としてデビューしちゃった主人公《しゅじんこう》。なにがあってもヘコまない、超《ちょ》〜前《まえ》むきな女《おんな》の子《こ》。

プランス

学園《がくえん》のアイドルの天才少年《てんさいしょうねん》。プランスはフランス語《ご》で「王子《おうじ》」の意味《いみ》。

女公爵《おんなこうしゃく》（悠貴《ゆうき》）

女子寮寮長《じょしりょうりょうちょう》をつとめる男装《だんそう》の美少女《びしょうじょ》。作家志望《さっかしぼう》。

カイ

スズの小学校《しょうがっこう》からの友《とも》だち。サッカー特待生《とくたいせい》だったが、転校《てんこう》してしまう。

成宮涼《なるみやりょう》

カイから、スズを守《まも》るようたのまれたサッカー部員《ぶいん》。

ミャーコ

スズのクラスメート。性格《せいかく》は自己中心的《じこちゅうしんてき》。

井深先輩《いぶかせんぱい》

真矢先輩《まやせんぱい》の親友《しんゆう》。スズをからかうのが好《す》き。

真矢先輩《まやせんぱい》

スズがあこがれる、高等部《こうとうぶ》のさわやか先輩《せんぱい》。

0　これまでの物語《ものがたり》

おはようっ！

私《わたし》、スズだよ。

名門《めいもん》でセレブな学校《がっこう》「松葉学園《しょうようがくえん》」の中等部《ちゅうとうぶ》1年生《ねんせい》。

って……やっとすべりこんだ感《かん》じなんだけどさ、あはっ！


私《わたし》ね、小学校《しょうがっこう》のとき、「青春文学賞《せいしゅんぶんがくしょう》」に小説《しょうせつ》を応募《おうぼ》して、最優秀賞《さいゆうしゅうしょう》をとったの。

それで、天才作家《てんさいさっか》って、いわれている。

でも、それって、じつは、ちがうんだ。

大《おお》きな声《こえ》じゃ言《い》えないけど、ほんとうはね、その小説《しょうせつ》を書《か》いたのは、私《わたし》の姉妹《しまい》オリちゃんだったの。

私《わたし》たちは双子《ふたご》で、オリちゃんは、ちょっと引《ひ》っこみじあん。

人見知《ひとみし》りもする。

それで、私《わたし》の名前《なまえ》で小説《しょうせつ》を送《おく》ったんだ。

ところがオリちゃんは、賞《しょう》をとる前《まえ》に、突然《とつぜん》、死《し》んでしまった。

交通事故《こうつうじこ》でね、パパやママといっしょに。

だから私《わたし》は、いま、しんせきの叔母《おば》さんちに引《ひ》きとられている。

そして、天才作家《てんさいさっか》ってことになってしまってているのよ。

出版社《しゅっぱんしゃ》では、金田《かねだ》さんっていう担当者《たんとうしゃ》をつけて、私《わたし》につぎの作品《さくひん》を期待《きたい》しているんだけど、そんなのってムリだと思《おも》う。

だって、小説《しょうせつ》を書《か》く才能《さいのう》があるのは、私《わたし》じゃなくて、オリちゃんだったんだもの。

だけど、そんなこと言《い》えないからなぁ……。

私《わたし》は、しかたなく金田《かねだ》さんの、きびしい言葉《ことば》に耐《た》えてきた。

でも、中学《ちゅうがく》に入《はい》ってから、作家《さっか》をめざす鷲見悠貴《わしみゆうき》、通称《つうしょう》、女公爵《おんなこうしゃく》と知《し》りあいになったのよ。

そのあたりのことは、「シャーベット女公爵《おんなこうしゃく》の恋《こい》」を読《よ》んでね。

それで女公爵《おんなこうしゃく》と話《はな》しているうちに、なんとなく書《か》けそうって気《き》がしたりも、してるんだ。

ときどき、だけどね。

それに中学生《ちゅうがくせい》になってから、私《わたし》の友人関係《ゆうじんかんけい》は、グッと広《ひろ》がった。

女公爵《おんなこうしゃく》のほかにも、高貴《こうき》でお金持《かねも》ちのプランスとしたしくなったし。

プランスはね、スウェーデン王室《おうしつ》の血《ち》を引《ひ》く王子《おうじ》さまなんだ。

ハニー・ブロンドってよばれる、はちみつ色《いろ》のサラサラの髪《かみ》をしてて、目《め》が青《あお》。

これでほんとに見《み》えるのかなぁって、ふしぎになるくらい、きれいな目《め》なの。

はだなんて、透《す》きとおりそうに白《しろ》くって、はっきりいって美少年《びしょうねん》。

というか……美少女《びしょうじょ》に近《ちか》いかも。

叔母《おば》さんなんて、

「すっごくかわいい女《おんな》の子《こ》ね」

って言《い》ったもん。

それだけじゃなくって頭《あたま》もよくて、天才《てんさい》っ！

でも性格《せいかく》は、最悪《さいあく》っ!!
すっごく冷《つめ》たいんだよ。
私《わたし》がちょっとおしゃべりしすぎると、こう言《い》うんだよ。
「女《おんな》がうるさいときは、口《くち》の中《なか》に熱《ねっ》した鉛《なまり》をたらせばいい。1滴《てき》で静《しず》かになる」
これは、「シュークリーム王子《おうじ》の秘密《ひみつ》」の中《なか》で言《い》われたこと。
冷血《れいけつ》だから、ひどいことをいっぱい言《い》うんだ。
で、私《わたし》がちょっとロマンティックな気分《きぶん》になったりすると、こう言《い》う。
「物理的《ぶつりてき》にありえない」
プランスの専門《せんもん》は、物理《ぶつり》。
いまは、透明人間《とうめいにんげん》の作《つく》りかたを研究中《けんきゅうちゅう》。
あのね、透明人間《とうめいにんげん》って、もうアニメやマンガの世界《せかい》じゃないらしい。
イギリスやアメリカの大学《だいがく》の研究室《けんきゅうしつ》が、競争《きょうそう》で研究《けんきゅう》しているんだって。
くわしくは、「マカロン姫《ひめ》とペルシャ猫《ねこ》」を見《み》てね。
それから、小学校《しょうがっこう》からのクラスメートの冬馬戒《とうまかい》とは、ずっとクラスメート……だった。

けっこう、なかがよかったんだ。
カイはね、サッカー部《ぶ》で、かなり注目《ちゅうもく》されてるストライカー。
1年生《ねんせい》だけど、ただ1人《ひとり》のレギュラー・メンバーだったんだ。

さっきから、「……だった」って、過去形《かこけい》で話《はな》しているのは、もういまは、そうじゃないから。
カイは、カイはね、「桜《さくら》マシュマロと守護神《しゅごしん》」の中《なか》で、転校《てんこう》していってしまったんだもの。

しくしくしく……。
しくしくしくったら、しくしくしくしくっ！
すっごくショックだったよ。
その転校《てんこう》さわぎで、私《わたし》は、カイの友《とも》だちの、成宮涼《なるみやりょう》って子《こ》と知《し》りあった。
こいつ、わりとカッコいいのよ。
でも、カイに似《に》ててさ、ときどきイジワルするんだ。
だから、気《き》をつけながらつきあってる。
でも全体《ぜんたい》に、中学《ちゅうがく》ライフは、ごきげんだよ。
すっごく楽《たの》しいもんっ！
そりゃ、こまったことも、ときどきはおきるけどねぇ……。

1　みんなが、ヘンだ

なんか、みんなが、ヘンッ！

そう感《かん》じたのは、夏休《なつやす》みが終《お》わって、9月1日《がつついたち》に学校《がっこう》に行《い》ったときのこと。

どこがヘンって、ね。

いつもは、したしい人《ひと》たちが、みぃんな、よそよそしいのよ。

プランスも女公爵《おんなこうしゃく》も、あのミャーコまで、私《わたし》とからむのを、なぜか、さけようとするんだ。

物理部《ぶつりぶ》の人《ひと》たちも、それから成宮《なるみや》も、だよ。

あいつは、私《わたし》の守護神《しゅごしん》のはずなのに。

性格的《せいかくてき》に言《い》っても、好奇心《こうきしん》が強《つよ》くて、おちゃめで、知《し》りたがりで、ドンドンと人《ひと》の心《こころ》に入《はい》ってくるタイプなのにさ。

私《わたし》を見《み》ると、おもいっきり、引《ひ》くのよ。

朝《あさ》、教室《きょうしつ》に行《い》くでしょ。

「おはよっ！」

って声《こえ》かけるよね。

いつもなら、

「おはよ」

って返事《へんじ》があって、そのあと、話《はなし》がはじまるでしょ。

夏休《なつやす》みどうしたとか、昨日《きのう》のテレビがどうだったとか。

ところがっ！

「おはよっ！」

って私《わたし》が言《い》うと、

「おはよ」

って返事《へんじ》があって、そこまではいいんだけど、そのあと、みんな、グッとのどにつまったような感《かん》じで私《わたし》を見《み》つめて、そして、

「じゃ」

って、そそくさと、どこかに行《い》ってしまうの。

だれもかれも、みぃ～んな、そうなんだよ。

授業中《じゅぎょうちゅう》とか、お昼休《ひるやす》みもおなじで、

「いっしょに、お昼食《ひるた》べよっ」

って、私《わたし》が言《い》うとさ、

「あ、今日《きょう》は、用事《ようじ》あるから」

「あ、部活《ぶかつ》行《い》かなくちゃ」

「あ、宿題《しゅくだい》やってないのがあるから」

「あ、図書館《としょかん》で調《しら》べものがあるんだ」

って……、みんな、さっと散《ち》っていってしまうんだ。

帰《かえ》るときも、そう。

つかまえて、理由《りゆう》を白状《はくじょう》させようとしても、だれも口《くち》をわらないし。

シャーベット女公爵《おんなこうしゃく》のお茶会《ちゃかい》も、なぜか、ずううううっと、閉会《へいかい》のままっ！

だから、私《わたし》、学校《がっこう》でほとんどしゃべる機会《きかい》がないんだ。

それから、もう1ヶ月以上《かげついじょう》がたって、季節《きせつ》は秋《あき》になったけど、みんなの態度《たいど》は、あいかわらずっ！

これって、ひどくない？

いじめなのかもって思《おも》うほどだよ。

いったい、私《わたし》がなにしたって言《い》うんだよぉぉぉぉ〜。

ああ、こんなとき、カイがいたらなぁ。

カイだったら、ぜったい、そんなことしないし、わけを教《おし》えてくれるもん。

でも、どこに転校《てんこう》したのか、まるっきりわからないし、むこうからもぜんぜん、連絡《れんらく》ないしさ。

どうしようもないんだよね、しくしくしく……。

秋《あき》だから、孤独《こどく》ってピッタリかもしれないけど、つらいよぉ。

2 秋《あき》のパイ

日曜《にちよう》に、お昼《ひる》ごはんのあとで、叔母《おば》さんが言《い》った。

「秋《あき》にピッタリなのは、やっぱり」

知《し》ってるよ、孤独《こどく》でしょ。

「アップルパイよね」

あ、そうか。

私《わたし》、最近《さいきん》、マイナス思考《しこう》なんだよね。

いかんなぁ。

「ちょっと焼《や》いてみたんだけど、どう？」

そう言《い》いながら叔母《おば》さんは、ミトンの中《なか》に手《て》を入《い》れて、オーブンから黒《くろ》い角《かく》ざらをつかみだした。

その上《うえ》にのっていたのは、まあるいアップルパイっ！

おいしそっ！

においも、ステキ!!

お菓子《かし》って、見《み》るだけで元気《げんき》になれるよね。

「でも、どうも、うまくいかないのよ。私《わたし》って、アップルパイと相性《あいしょう》が悪《わる》いみたい」

叔母《おば》さんは、ゆううつそうな顔《かお》で、フォークを使《つか》ってパイのはしっこを持《も》ちあげた。

「いつもそうなんだけど、底《そこ》がパリッとならないの」

見《み》れば、煮《に》たリンゴからしみだした水分《すいぶん》で、生地《きじ》がしっとり。

どちらかというと、生焼《なまや》け。

おいしくなさそうなお菓子《かし》って、見《み》るだけで元気《げんき》うせるよね、げんなり……。

「甘煮《あまに》にしたリンゴの水分《すいぶん》は、きちんとしぼったはずなんだけどね。こんななの。食《た》べてみる？」

と聞《き》かれたら、たとえイヤでも、

「うん」

でしょ、ふつう。

叔母《おば》さんは、包丁《ほうちょう》を出《だ》してきて、パイを切《き》りわけてくれた。

「どう、味《あじ》？」

と聞《き》かれたら、たとえおいしくなくても、

「おいしいよ」

でしょ、ふつう。

それ以外《いがい》に、答《こた》えってないじゃん、答《こた》えられないよ。

それなのにっ！

叔母《おば》さんったら、

「よかった。多少《たしょう》、生焼《なまや》けでも、かまわないのね」

かまうよっ！

えんりょしてるだけなんだから、わかってよ。

「よかったら、ぜんぶ食《た》べてね」

げっ！

これ、直径《ちょっけい》20センチはあるじゃん。

おいしければ、20センチくらい、よゆうでいける。

だけど、生焼《なまや》けで20センチは、きつい。

「よかった。せっかく焼《や》いて、捨《す》てるのもイヤだし。助《たす》かるわ」

あーあ、パリパリ感《かん》は、パイの命《いのち》なのに。

このパイ、命《いのち》がない……。

じっとりしていて、まるでいまの私《わたし》のよう。

「そういえば、オリちゃんも、アップルパイが好《す》きだったのよね」

急《きゅう》にそう言《い》われて、私《わたし》は、びっくりし

た。

だって、そんな話《はなし》、いままで聞《き》いたことなかったもん。

「前《まえ》に、ここに遊《あそ》びにきたとき、焼《や》いてあげたのよ。そのときもやっぱり、底《そこ》を失敗《しっぱい》しちゃったんだけど、おいしいって言《い》って、ぜんぶ食《た》べてくれたの」

オリちゃんも、気《き》ぃつかってたんだなぁ。

かわいそう。

「よかったら、もう1枚《まい》、焼《や》こうか？」

おねがい、やめてっ！

「こんどは、うまくいくかもしれないから。楽《たの》しみにしてて」

わーんっ！

3　登校前《とうこうまえ》の超《ちょう》びっくり！

叔母《おば》さんのパイ攻《ぜ》めにあったその翌日《よくじつ》、月曜日《げつようび》のこと。

私《わたし》は、いつものようにおきて、朝《あさ》のしたくをして、ごはんをたっぷり食《た》べて、それから部屋《へや》にもどって学校《がっこう》に行《い》く準備《じゅんび》をした。

で、カバンを持《も》ちあげたんだけど、そこからノートがバサッと落《お》ちてきたの。

Ａ４サイズの、いつも授業《じゅぎょう》に使《つか》ってるヤツだよ。

あれ、ちゃんとしまっておかなかったのかな。

そう思《おも》いながら、床《ゆか》に落《お》ちたノートに手《て》をのばしたら、なんとっ！

落《お》ちたときに開《ひら》いたページに、ビッシリとなにかが書《か》いてあるのが見《み》えた。

あれ……。

でも私《わたし》って、ノートを書《か》くとき、あんまり字《じ》をつめないほうなんだ。

字自体《じじたい》が大《おお》きいしさ。
間隔《かんかく》も、けっこう空《あ》けるもん。
こんなに細《こま》かく、ビッチリ書《か》くことなんてない。
はて……。
学校《がっこう》で、私《わたし》の知《し》らないあいだに、だれかが書《か》いたのかな。
それにしても、こんなにいっぱい書《か》くなんて、時間《じかん》がかかるよね。
そのあいだじゅう、私《わたし》が気《き》づかないなんてこと……、あり？
いろんなことを考《かんが》えながら私《わたし》は、ノートを拾《ひろ》いあげて、書《か》いてあるところを読《よ》んだ。
びっくりっ！
だって、それは物語《ものがたり》の一部《いちぶ》だったんだもの。
主人公《しゅじんこう》の名前《なまえ》は、「私《わたし》」というふうになっている。
そして、その「私《わたし》」が、ルイ・シャルルっていう男《おとこ》の子《こ》と話《はな》しているの。
どうやら2人《ふたり》は、追《お》われているみたい。
で、ルイ・シャルルが、「私《わたし》」をかばってくれるのよ。

カッコいいじゃんっ！
そう思《おも》いながら、もっと読《よ》もうとしてページをめくると、そこは、まっ白《しろ》っ！
ちょうど1ページぶんしか、書《か》いてなかったんだ。
う〜、先《さき》が気《き》になって、たまらんっ！
もっと読《よ》みたいよっ!!
「スズちゃん、なにしてるの。はやくしないと、学校《がっこう》おくれるわよ」
階段《かいだん》の下《した》から聞《き》こえる叔母《おば》さんの声《こえ》におどろいて、ふと、かべの時計《とけい》を見《み》あげれば。
げっ、もうこんな時間《じかん》っ！
私《わたし》は、あわててそのノートをしまい、階段《かいだん》を駆《か》けおりて、玄関《げんかん》から飛《と》びだした。
足《あし》には自信《じしん》があるけれど、まにあうかな。
スカートの乱《みだ》れも気《き》にせず、全力疾走《ぜんりょくしっそう》っ！
ま、ま、まにあう、まにあえば、まにあうとき、まにあえっ!!
夢中《むちゅう》で走《はし》りながら、頭《あたま》の中《なか》で、必死《ひっし》に考《かんが》えた。
このまま走《はし》っていっても、通学《つうがく》バスにまにあうかどうかは、ビミョウ。

でも、この7時台《じだい》、路線《ろせん》バスなら、通学《つうがく》バスよりたくさん出《で》ている。

そっちに賭《か》けたほうが、いいかもっ！

私《わたし》は、いそいで進路《しんろ》を変更《へんこう》っ!!

角《かど》を曲《ま》がって、路地裏《ろじうら》を走《はし》り、そこをつきぬけて大通《おおどお》りに出《で》た。

すると大型《おおがた》のバスが、むこうからやってくるところだった。

なんとかセーフ、ハアハアゼイゼイっ！

作戦勝《さくせんが》ちだよ、ね。

満員《まんいん》の路線《ろせん》バスに乗《の》りこんで、私《わたし》は、ほっとした。

路線《ろせん》バスは、通学《つうがく》バスとちがって、校内《こうない》までは行《い》ってくれないけど、校門近《こうもんちか》くにとまるから、そこから走《はし》ればだいじょうぶ。

ああ、よかった。

大《おお》きく息《いき》をついたとたん、下《した》のほうから声《こえ》がした。

「あなた、アップルパイ食《た》べたでしょ」

ギョッ！

目《め》を下《さ》げると、席《せき》にすわっていたトレーナーすがたの女《おんな》の子《こ》が、クスクス笑《わら》っていた。

「においがするもん」

え……ちゃんと歯《は》、みがいたけどな。

もしかして、叔母《おば》さんが焼《や》いたときのにおいが、制服《せいふく》にしみこんでるとか。

私《わたし》が、そでをクンクンかいでいると、その女《おんな》の子《こ》は、またクスッと笑《わら》った。

「気《き》にしないで。私《わたし》の鼻《はな》、犬《いぬ》なみなの」

そうなんだ。

「それに、うち、アップルパイ屋《や》さんだから。かぎなれてるにおいって、わかるでしょ」

そう言《い》いながら、ひざの上《うえ》に乗《の》せていた大《おお》きなスポーツバッグのサイド・ポケットから、1枚《まい》の名刺《めいし》を出《だ》した。

「『アップルパイ姫《ひめ》』っていうお店《みせ》なんだ。おいしいよ。よかったら来《き》て」

その名刺《めいし》には、お店《みせ》の名前《なまえ》「アップルパイ姫《ひめ》」と、住所《じゅうしょ》、電話番号《でんわばんごう》、メールアドレスが書《か》いてあって、うしろに地図《ちず》がのっていた。

駅《えき》のすぐ近《ちか》くのビルの中《なか》。

「むかしは、自宅《じたく》でやってたんだけど、いまは、そこに出店《しゅってん》してるの」

売《う》れてるんだね。

きっと底《そこ》がしめっていたり、しないんだ。

「駅前《えきまえ》、駅前《えきまえ》です」

アナウンスが流《なが》れると、その子《こ》はいそいでバッグのファスナーを閉《と》じた。

「じゃね」

ニッコリ笑《わら》って、降《お》りていったんだ。

とても感《かん》じのいい子《こ》だった。

大《おお》きなバッグをかついだそのすがたが、駅《えき》に集《あつ》まってくる人々《ひとびと》の中《なか》に消《き》えてしまうまで、私《わたし》は見《み》ていた。

遠征《えんせい》に行《い》くスポーツ部員《ぶいん》かな。

校章《こうしょう》、見《み》なかったけど、どこの学校《がっこう》なんだろ。

そう思《おも》いながら、手《て》もとに残《のこ》った名刺《めいし》を見《み》つめた。

叔母《おば》さんに教《おし》えてやろっと。

4 わけのわからんことばっか

学校前《がっこうまえ》でバスを降《お》りて、私《わたし》はまたもや走《はし》って、校門《こうもん》にすべりこみっ！

なんとか、まにあったんだ、よかった！

で、すぐ教室《きょうしつ》に行《い》った。

あのノートを、もっとよく読《よ》もうと思《おも》って。

教室《きょうしつ》でだれとも話《はな》さずに、1人《ひとり》でノートなんか広《ひろ》げていると、ヘンにめだつんだけど、どうせ、いまの私《わたし》には、だれも近《ちか》よってこないんだし、なにをしようと自由《じゆう》さ、ふん。

席《せき》にすわって、カバンからノートを出《だ》し、私《わたし》は、そのページを開《ひら》いた。

そしてね、ハッとしたんだ。

さっきは、おどろきのあまり、気《き》づかなかったことに、そのときようやく気《き》づいたから。

よく見《み》ると、ビッシリ書《か》いてあるのは、私《わたし》の字《じ》だった。

いつもよりずっと小《ちい》さいし、字《じ》と字《じ》の間隔《かんかく》もせまくて、きちんと書《か》いてあるけど、クセがおなじだもん。

私《わたし》の字《じ》に、まちがいない。

……ってことはよ、これは、私《わたし》が書《か》いたってことだよね。

はて、いったい、いつっ!?

昨日《きのう》までは、こんなの書《か》かれてなかったんだから、もしかして夜中《よなか》？

首《くび》をかしげながら、私《わたし》は、もういちど、それを読《よ》んでみた。

すると、なぜか、ルイ・シャルルって名前《なまえ》が出《で》てくると、胸《むね》がジーンとするのよ。

痛《いた》いような、しびれているような、心《こころ》がふるえてるって感《かん》じ。

いったい、なんなんだろう。

この物語《ものがたり》といい、もうまったく最近《さいきん》、わけわかんないことばっかかっ！

えーい、はっきりさせてやるっ!!

その日《ひ》、家《いえ》に帰《かえ》って私《わたし》は、アップルパイ姫《ひめ》の名刺《めいし》を叔母《おば》さんにわたした。

「おいしいから、こんど買《か》ってみれば？」

叔母《おば》さんは、ちょっと複雑《ふくざつ》な顔《かお》だった。

「でも、アップルパイならたくさんあるから。じつは今日《きょう》、またチャレンジしてみたの」

げっ！

「やっぱり、しめっぽくなっちゃったけど、食《た》べる？」

と言《い》われたら、うんと言《い》わないわけにはいかない、わーんっ！

顔《かお》で笑《わら》って心《こころ》で泣《な》いて、私《わたし》は、しめっぽいアップルパイを食《た》べた、ういっぷ。

そして、その夜《よる》、寝《ね》る前《まえ》にノートを、つくえの上《うえ》においたの。

物語《ものがたり》がどこで終《お》わっているかをたしかめて、そこにチェックをしておいた。

部屋《へや》には、ばっちりカギをかける。

これで、明日《あした》の朝《あさ》おきて、もし物語《ものがたり》が進《すす》んでいたら。

まさか、床下《ゆかした》から小人《こびと》さんがあらわれて、書《か》いたなんてことありえないから、私《わたし》が書《か》いてるってことがはっきりするもんね。

ああ、明日《あした》が楽《たの》しみ。

5 顔《かお》に出《で》るタイプ

翌日《よくじつ》、目《め》ざまし時計《どけい》が鳴《な》って、おきると、私《わたし》はすぐ、つくえの上《うえ》に載《の》せておいたノートを見《み》た。

ところがっ！

おもわず、さけんでしまった。

「ないっ!!」

たしかに、つくえの上《うえ》においたのに、ないんだもの。

う～むっ！

私《わたし》が昨日《きのう》、予想《よそう》していたのは、ノートには物語《ものがたり》の先《さき》が書《か》いてあるか、それとも昨日《きのう》のままになっているか、そのどちらか。

ノートそのものがなくなるなんて、想定外《そうていがい》だぁ。

「スズちゃん、ないって、なにがないの。はやく食《た》べないと、時間《じかん》のほうがなくなるわよ」

下《した》から叔母《おば》さんの声《こえ》がしたので、私《わたし》はあわてて朝《あさ》のしたくをして、ダイニングに行《い》った。

しかしっ、ノートはいったい、どこに消《き》えたのっ⁉

ノートって、固体《こたい》だから、蒸発《じょうはつ》するはずはないし。

ノートには手《て》がないから、カギを開《あ》けて、あの部屋《へや》から出《で》ていったとも思《おも》えない。

う〜んっ！

「まぁ、今朝《けさ》は、ずいぶん食欲《しょくよく》あるのね。その食《しょく》パン、もう6枚目《まいめ》よ」

あら、夢中《むちゅう》で考《かんが》えてたから、つい……。

「そんなに食《た》べられるんだったら、昨日《きのう》、残《のこ》したアップルパイ、どう？」

げっ！

「食《た》べていかない？」

私《わたし》は、あわてて言《い》った。

「今日《きょう》、はやく行《い》かなくちゃならないから」

それで自分《じぶん》の部屋《へや》まで駆《か》けあがったんだけど、どうしても気《き》になるのは、ノートのこと。

ほんとに、どこにいったんだぁっ！

この部屋中《へやじゅう》を捜索《そうさく》したい気持《きも》ちでいっぱいだったけど、そんなことしてたら遅刻《ちこく》する。

しかたがない、帰《かえ》ってから探《さが》そう。

そう思《おも》って、カバンを持《も》ちあげたとたんっ！

そこから、パサッと、あのノートが落《お》ちたの。

最初《さいしょ》の日《ひ》と、おなじパターンだった。

私《わたし》は、ノートを拾《ひろ》いあげ、おおいそぎで、それを開《ひら》いた。

そこにはっ！

昨日《きのう》のつづきが書《か》いてあったのよっ!!

私《わたし》は、夢中《むちゅう》で読《よ》んだ。

すっごく、おもしろかった。

よし、この先《さき》、どーなるっ!?

いきおいこんでページをめくると、そこは、まっ白《しろ》……。

前《まえ》とおなじで、こんども書《か》いてあったのは、1ページだけだった。
どうして1ページなんだろ。
つかれちゃうのかな。
それとも、あきるとか。
「スズちゃん、ほんとにおくれるわよっ！」
叔母《おば》さんの悲鳴《ひめい》があがって、ハッとして時計《とけい》を見《み》れば、もう8時《じ》をすぎていた。
わっ、マジできわどい、レッドラインっ！
私《わたし》は家《いえ》を飛《と》びだし、必死《ひっし》でバス停《てい》まで、猛《もう》ダッシュっ!!
路線《ろせん》バスは、8時台《じだい》になると、ガクンと本数《ほんすう》が落《お》ちるんだ。
だから、今日《きょう》は通学《つうがく》バスのほうが安全《あんぜん》っ！
どうかおねがい、まにあってっ!!
ところがっ！
祈《いの》りながら走《はし》る私《わたし》の目《め》の前《まえ》で、通学《つうがく》バスは、無情《むじょう》にも発車《はっしゃ》オーライっ！
私《わたし》は、全身《ぜんしん》、真《ま》っ青《さお》っ!!

バスが残《のこ》していった排気《はいき》ガスを吸《す》いながら、その場《ば》に立《た》ちつくしてしまった。
レッドライン、越《こ》えちまった……。
つぎのバスじゃ、まにあわんっ！
どーしようっ!?
今日《きょう》の1時間目《じかんめ》は、地理《ちり》の渋谷先生《しぶやせんせい》だもん。
いつも、もっのすごく、はやく教室《きょうしつ》にくるのよね。
奥《おく》さんが強《つよ》くて、早朝《そうちょう》に家《いえ》から追《お》いだされるって話《はなし》だけど、ああ、めいわくなっ！
今日《きょう》にかぎって、奥《おく》さんがやさしくしてくれて、家《いえ》を出《で》るのがおくれるといいのに。
いや、待《ま》て。

奥《おく》さんにコテンパンにやられて病院《びょういん》に行《い》ったとかでもいい。

あるいは、奥《おく》さんに家事《かじ》をてつだえと言《い》われて、てつだっていたら茶碗《ちゃわん》とか割《わ》って、ものすごく怒《おこ》られて、家《いえ》から出《だ》してもらえないとかでもいいし、それから……。

「おい、なにをブツブツ言《い》っているんだ」

ふりむくと、そこにプランスが立《た》っていた。

私《わたし》は、あぜんっ！

だって、このところずっと接触《せっしょく》していなかったんだもの。

声《こえ》かけても、さけられてたし。

それが、プランスのほうから近《ちか》づいてくるなんて、なんか夢《ゆめ》のよう。

おまけに、ここって、プランスの家《いえ》の方向《ほうこう》じゃ、なくない？

「どっから、わいたの？」

私《わたし》がつぶやくと、プランスは横《よこ》をむいた。

「バスが行《い》ったばかりのバス停《てい》で、1人《ひとり》でブツブツ言《い》っている女《おんな》に、『わいた』とか言《い》われたくない」

ふん、あいかわらず、生意気《なまいき》。

急《きゅう》に声《こえ》かけられて、ちょっと感激《かんげき》したけど、もうなしっ！

「この時間《じかん》に、ここにいると遅刻《ちこく》だろう」

だから、渋谷先生《しぶやせんせい》をなんとかしようと考《かんが》えてるんだから、じゃますするなっ！

「私《わたし》の車《くるま》に乗《の》っていけ」

アカンベ！

あんたの車《くるま》になんか乗《の》って、学校行《がっこうい》ったら、めだちすぎるっ!!

それでなくても、学校《がっこう》のアイドルとしたしいって、いろいろ言《い》われて、肩身《かたみ》のせまい思《おも》いをしてるんだからね。

死《し》んでも、乗《の》るもんかっ！

「今日《きょう》は、アップルパイを積《つ》んでいるぞ。食《た》べながら登校《とうこう》しよう」

げっ、アップルパイっ！

もうぜったい、見《み》るのも拒否《きょひ》っ!!

「やだよ。どうせ、底《そこ》がしめってるんでしょ。で、生焼《なまや》けでさ」

私《わたし》が言《い》うと、プランスは、目《め》を丸《まる》くした。
「なんのことだ。アップルパイの底《そこ》は、パリパリに決《き》まっているじゃないか」
え……パリパリ。
そう聞《き》いたとたんに、私《わたし》の心《こころ》は、一気《いっき》に大変化《だいへんか》っ！
ああ恋《こい》しい、食《た》べたい、パリパリのアップルパイっ!!
でも、私《わたし》は、そんな食《く》いしんぼうなこと、言《い》わなかったんだよ。
ただじっと、プランスを見《み》つめていただけ。
プランスは、ちょっと笑《わら》って言《い》った。
「こっちだ」
私《わたし》が食《た》べたがってるって、どうしてわかったんだろ。
う〜ん、謎《なぞ》だぁ。

6　パリパリの秘密《ひみつ》

首《くび》をかしげながら、私《わたし》は、プランスのあとについていった。

もし私《わたし》にしっぽがあったら、きっとプルプル、ふっていたと思《おも》うな、うれしくって。

アップルパイって、ほんとは大好《だいす》き。

ちょっとすっぱくってさ、それで甘《あま》くて、もう最高《さいこう》っ！

皮《かわ》がパリパリッとしてれば、の話《はなし》だけどね。

「プランスも、アップルパイ好《す》きなの？」

道路《どうろ》わきの駐車場《ちゅうしゃじょう》にとめてあった、白《しろ》くて大《おお》きなリムジンに近《ちか》よっていくと、中《なか》から運《うん》転手《てんしゅ》さんが出《で》てきて、ドアを開《あ》けてくれた。

「とくに好《す》きというわけではないが、フランスにいたころは、季節《きせつ》の果物《くだもの》で、よくパイを焼《や》いたんだ。秋《あき》にはリンゴがとれるから、アップルパイだ。フランスでは、ショッソン・

オ・ポムといって、スリッパを小《ちい》さくしたようなかたちに作《つく》る」

ふうん、ヘンなの。

「あとマロン・パイもあるが、その二択《たく》なら、私《わたし》はアップルパイをえらぶ。栗《くり》は、マロン・グラッセか、モンブランにするのがベストだ」

ああ、そういえば、「モンブラン女王《じょおう》と天使島《てんしとう》」の中《なか》で、プランスったら、必死《ひっし》になって作《つく》ってたもんね、モンブラン。

あれは、信《しん》じられないほどおいしかったよ、うん。

「和菓子《わがし》にも、季節《きせつ》があるだろう」

え、そうなの？

あんまり気《き》にせずに食《た》べてたけど。

「1月《がつ》はウグイスもち、2月《がつ》は草《くさ》もち、3月《がつ》は桜《さくら》もち、5月《がつ》は柏《かしわ》もち、6月《がつ》は鮎《あゆ》もち」

へぇ、よく知《し》ってんだぁ。

「洋菓子《ようがし》もおなじだ。さぁ乗《の》れ」

プランスに言《い》われて、私《わたし》がリムジンの中《なか》に入《はい》ると、

「おはよう」

まるで応接室《おうせつしつ》のように広《ひろ》い、その車内《しゃない》のソファに、女公爵《おんなこうしゃく》がすわっていた。

あら、いっしょなんだ。

でも女公爵《おんなこうしゃく》の家《いえ》も、こっち方向《ほうこう》じゃないよね、たしか。

それにさ、昨日《きのう》までは、私《わたし》に冷《つめ》たかったし。

2人《ふたり》とも、急《きゅう》にどうしたっていうんだろう。

私《わたし》は聞《き》いてみようとしたんだけれど、そのときっ、目《め》が、目《め》がぁっ！

ソファの前《まえ》にあるテーブルに、くぎづけっ!!

だってそこには、焼《や》きあがったばかりの大《おお》きな、丸《まる》いアップルパイが、まるごとのっていたんだもの。

でもダメだ、大《おお》きさにだまされちゃいけない。

私《わたし》は、そっとはじをつまみ、そのパイを持《も》ちあげてみた。

するとっ！

プランスの言《い》ったとおり、かわいたパイの皮《かわ》が、空調《くうちょう》の風《かぜ》にヒラヒラと舞《ま》いあがったのよ。

私《わたし》は、目《め》がキラキラしてしまった。

だってパリパリよ、パリパリっ！

「底《そこ》がかわいてる」

私《わたし》がそう言《い》うと、女公爵《おんなこうしゃく》がちょっと笑《わら》った。

「アップルパイは、ふつうに作《つく》ると、たいてい底《そこ》がしめる。焼《や》いていると、リンゴ中《ちゅう》の水《すい》分《ぶん》がしみだしてくるからだ。それをふせぐためには、底《そこ》にジャムをぬったり、ジェノワーズというスポンジケーキの薄切《うすぎ》りを敷《し》いたりするといいんだ」

そうなんだ！

叔母《おば》さんに教《おし》えてやろうっと。

そうしたら、つぎからおいしいパイが食《た》べられるもんね。

「ちなみに、このアップルパイの底《そこ》には」

プランスが、視線《しせん》をアップルパイのほうに流《なが》しながら、言《い》った。

そんなふうにすると、長《なが》いまつげの影《かげ》が青《あお》い瞳《ひとみ》に落《お》ちて、ぞくっとするほど美《うつく》しい。

でも、美少女《びしょうじょ》みたいなんだけどね。

「クレーム・ダマンドが敷《し》いてある。クレーム・ダマンドというのは、バターにさとう、卵《たまご》、アーモンドパウダー、薄力粉《はくりきこ》、シナモンをくわえて焼《や》いたものだ。そこにキャラメルをからめたクルミを載《の》せて、香《こう》ばしさを出《だ》した」

うっ、うまそうっ！

「昨日《きのう》、私《わたし》が作《つく》ったんだ」

アップルパイのそばには、パイカッターがおいてある。

でも、このカッターの存在《そんざい》、私《わたし》は無視《むし》する、完全《かんぜん》に無視《むし》っ！

気《き》にしないったら、気《き》にしないっ!!

「ね、これ、ぜんぶくれる？　両手《りょうて》で持《も》って、はじからかぶりついても、いい？」

プランスは、アゼンとしたような顔《かお》になった。

「まるごと食《く》う気《き》か」

あら、自分《じぶん》のぶんがなくなるとでも思《おも》ってんの。

「ほしければ、少《すこ》し残《のこ》してもいいけど……」

私《わたし》が、イヤイヤそう言《い》うと、プランスは片手《かたて》で両目《りょうめ》をおおった。

「好《す》きなだけ、食《く》っていい」

わ〜いっ！

それで、しっかと両手《りょうて》でつかみあげて、はじから、がぶりっ!!

ああ……シナモンの香《かお》りが最高《さいこう》っ！

リンゴの甘《あま》ずっぱさにくわえて、アーモンドの味《あじ》もする。

それにパリパリ、もうたまらんっ!!


「おい、プランス」

女公爵《おんなこうしゃく》が、ため息《いき》をついて言《い》った。

「もう明日《あした》からは、こいつの家《いえ》に行《い》くのは、やめよーぜ」

へっ!?

「じゅうぶん、立《た》ちなおってるじゃん。ほうっておいても、だいじょうぶだよ」

はぁ……。

「今日《きょう》、学校《がっこう》に行《い》ったら、みんなにも言《い》っておく。もう緘口令《かんこうれい》は解除《かいじょ》するってさ」

私《わたし》は、キョトンとしてしまった。

だって、意味《いみ》がわからない。

すると、女公爵《おんなこうしゃく》が怒《おこ》ったような目《め》を、こちらにむけた。

「なんだ、その顔《かお》は。おまえ、あの時間空間旅行《じかんくうかんりょこう》で、いろいろあったんだろ。帰《かえ》ってきたプランスが、旅行《りょこう》のことには、いっさい触《ふ》れるなって言《い》うからさ。関係者全員《かんけいしゃぜんいん》に連絡《れんらく》して、なにも言《い》わないように緘口令《かんこうれい》をしいたんだ。私《わたし》もそうだが、みんなもいろいろ聞《き》きたかったんだぞ。それでもプランスが、ぜったいにダメだって言《い》うからさ。しかたがないから話《はな》しかけないようにしていたんだ。お茶会《ちゃかい》も、ずっと開《ひら》かずにさ。成宮《なるみや》や丸山《まるやま》なんか、おまえと話《はな》してると、つい口《くち》がすべって聞《き》くかもしれないって言《い》うから、おまえと話《はな》すのをさけるようにと言《い》っておいた」

あ！

「プランスと私《わたし》は、毎朝《まいあさ》おまえの家《いえ》まで、ようすを見《み》にいってたんだ。昨日《きのう》までは、ふつうにバスに乗《の》ってたから、声《こえ》をかけなかったんだけどさ」

ああ、それで今朝《けさ》、ヘンなとこから、わいて出《で》たんだ。

でも、時間空間旅行《じかんくうかんりょこう》って、なんのこと？

「その旅行《りょこう》って、なに？」

私《わたし》が聞《き》くと、プランスは一瞬《いっしゅん》、凍《こお》りついたかのように動《うご》きをとめた。

「スズ、おまえ……」

ん⁉

なんだろ、この反応《はんのう》。

女公爵《おんなこうしゃく》が、目《め》をまるくして私《わたし》を見《み》る。

「このあいだ、プランスと2人《ふたり》で行《い》っただろ、旅行《りょこう》に」

はっ⁉

「まさか……おまえ、覚《おぼ》えてないの？」

うん、さっぱり！

私《わたし》は、ブンブンと首《くび》をふった。

「時間空間旅行《じかんくうかんりょこう》って、なに？」

7
消《き》えた記《き》憶《おく》

プランスが、うめくようにつぶやく。

「記《き》憶《おく》が消《き》えている。だが、時《じ》空《くう》間《かん》での記《き》憶《おく》障《しょう》害《がい》は、物《ぶつ》理《り》的《てき》にはありえない。どういう脳《のう》だ」

どーゆーとか、言《い》われてもなぁ……。

私《わたし》も、自《じ》分《ぶん》の脳《のう》って、まだ見《み》たことないし。

女《おんな》公《こう》爵《しゃく》が、動《どう》物《ぶつ》でも見《み》るような目《め》で、まじまじと私《わたし》を見《み》た。

「人《にん》間《げん》の記《き》憶《おく》が消《き》えることはありえなくても、動《どう》物《ぶつ》レベルだったら、わからないだろ」

プランスは、ひたいにうっすらと汗《あせ》をうかべた。

「うむ、それは、まだ実《じっ》験《けん》してない」

女《おんな》公《こう》爵《しゃく》が、プランスのほうに身《み》を乗《の》りだす。

「こいつの記憶力《きおくりょく》が動物《どうぶつ》なみで、時空間《じくうかん》を越《こ》えられなかったって可能性《かのうせい》は？」

なによ、だまって聞《き》いてれば、その言《い》いかたはっ！

失礼《しつれい》じゃんっ!!

私《わたし》は、ムッとしていたけれど、プランスはまじめな表情《ひょうじょう》で答《こた》えた。

「あるかもしれない」

やだ、ほんとっ!?

じゃ私《わたし》は、動物《どうぶつ》なみなの？　ブウブウ、メエメエ。

「だが、その場合《ばあい》、記憶《きおく》は消滅《しょうめつ》したのか。それともどこかに潜在《せんざい》しているのか」

「こいつの脳《のう》を開《あ》けて、調《しら》べてみれば？」

わっ、死《し》んじゃうっ！

「潜在《せんざい》しているとすれば、永久《えいきゅう》に出《で》てこないのか。それともいつか、出《で》てくるのか」

プランスは、組《く》んだ腕《うで》のかたほうを立《た》てて、指《ゆび》で自分《じぶん》のアゴをつまんで私《わたし》を見《み》た。

「スズ、おまえの脳《のう》は、どういう構造《こうぞう》になっているんだ」

さぁ……。

「短期記憶《たんききおく》をつかさどる大脳辺縁系《だいのうへんえんけい》の海馬《かいば》が、存在《そんざい》していないのか、それとも長期記憶《ちょうききおく》をキープする大脳皮質《だいのうひしつ》がないのか、あるいは伝達物質《でんたつぶっしつ》が出《で》ていないのか」

う〜ん、言葉《ことば》がまったく、わからないっ！

私《わたし》が頭《あたま》をかかえこんでいると、女公爵《おんなこうしゃく》が、パチンと指《ゆび》を鳴《な》らした。

「スズ、おまえ、今日《きょう》だけ、バスに乗《の》りおくれただろ。なにか異変《いへん》でもあったのか」

それで私《わたし》は、脳《のう》と、じゃない、ノートのことを思《おも》いだしたのだった。

「すっごく、ふしぎなことがあったんだよ」

カバンからノートを出《だ》して、私《わたし》は、ページを開《ひら》いた。

「そのノートが、どうしたんだ」

聞《き》かれて、私《わたし》は、ちょっとこまった。

どう説明《せつめい》すればいいのかなって思《おも》って。

「ここに書《か》いてある物語《ものがたり》、どうも私《わたし》が書《か》いたみたいなんだけど」

女公爵《おんなこうしゃく》は、私《わたし》の手《て》からノートをとりあげて、さっと目《め》をとおした。

「へぇ、おもしろいじゃん」

ん、それはそうだよね。

おもしろいんだけど、覚《おぼ》えてないのよ……。

だれかが書《か》いたにちがいないって思《おも》えるくらい、覚《おぼ》えてない。

「プランスも、読《よ》むか？」

女公爵《おんなこうしゃく》が聞《き》くと、プランスは、さもイヤそうに、眉根《まゆね》をよせた。

「断《ことわ》る。前《まえ》にも言《い》ったはずだ。私《わたし》は、物語《ものがたり》や小説《しょうせつ》といったたぐいのものを、おもしろいと思《おも》ったことが、いままでいちどもない。そんなものを読《よ》むのは、時間《じかん》のムダだ」

女公爵《おんなこうしゃく》は、しかたがないといったように、肩《かた》をすくめて、ノートを私《わたし》に返《かえ》した。

「つづきを書《か》いて完成《かんせい》させれば、いいじゃないか。そうしたら出版《しゅっぱん》できるだろ。天才作家《てんさいさっか》鈴木美鈴《すずきみすず》、待望《たいぼう》のデビュー第《だい》2作《さく》だぞ」

その瞬間《しゅんかん》っ！

私《わたし》は、まるで、自分《じぶん》がすばらしい舞台《ぶたい》に立《た》って、一身《いっしん》にスポットライトを浴《あ》びているような気分《きぶん》になった。

そして私《わたし》の前《まえ》には、ひとすじの、輝《かがや》くような道《みち》がつづいているのよ、どこまでもね。

もう、すっごく最高《さいこう》の気分《きぶん》!
だってさ、私《わたし》、ずっとつらい思《おも》いをしてきたんだもん。
天才作家《てんさいさっか》って言《い》われて、期待《きたい》されて、書《か》け書《か》けって言《い》われてさ。
必死《ひっし》で逃《に》げたり、ごまかしたりしてきたんだけど、それって、ストレスだったんだよ。
でもさ、いま、目《め》の前《まえ》には原稿《げんこう》がある。
いつ書《か》いたのかわかんないけど、とにかく書《か》けてるじゃん。
私《わたし》が書《か》いたんだしさ。
これ、持《も》っていけば、いいんだ。
で、本《ほん》にしちゃえば、解放《かいほう》されるっ!
ばんざーいっ!!
「ん、がんばって、つづきを書《か》いて、完成《かんせい》させて」
そう言《い》いながら、私《わたし》は、はたと口《くち》ごもった。
でも、つづきって、どーやって書《か》くのっ!?
これを書《か》いたことさえ覚《おぼ》えてないのに、つづきが書《か》けるはずないじゃん。

わーんっ！

「おい、こんどは、どうしたんだ」

女公爵《おんなこうしゃく》に聞《き》かれて、私《わたし》は、しかたなく言《い》った。

「寝《ね》てるときに書《か》いたみたいで、おきてるときはもうぜんぜん、わすれてるんだ。どうやって先《さき》を書《か》けばいいのかわからない」

女公爵《おんなこうしゃく》は、どうしようもないといったような顔《かお》つきになった。

「ドジ、トンマ、マヌケ、バカっ！」

ポンポン言《い》わないでよぉ。

「寝《ね》てるあいだに原稿《げんこう》書《か》くなんて、ありかよ」

ボソッと言《い》った女公爵《おんなこうしゃく》に、それまで考《かんが》えこんでいたプランスが、ふっと口《くち》を開《ひら》いた。

「それは、睡眠障害《すいみんしょうがい》の一種《いっしゅ》だろう」

すいみんしょうがい？

「いろいろなケースがあるが、睡眠中《すいみんちゅう》に異常行動《いじょうこうどう》をおこす睡眠時遊行症《すいみんじゆうこうしょう》というのがある。強《つよ》いストレスを受《う》けたりすると、発症《はっしょう》するんだ」

あ、それかも。

みんなに無視《むし》されて、ストレス受《う》けてたし、さ。

「だが、睡眠時遊行症《すいみんじゆうこうしょう》なら、小学校低学年《しょうがっこうていがくねん》までで、たいてい治《なお》るはずだが」

うっ、私《わたし》の脳《のう》って、そーいうレベルなのぉ。

「あとは、レム睡眠行動障害《すいみんこうどうしょうがい》。寝《ね》ているときに夢《ゆめ》に見《み》たことを、そのまま行動《こうどう》する」

じゃ、きっと、そっちだよ。

スラスラって原稿書《げんこうか》けたらいいのになって、いつも夢《ゆめ》で見《み》てたもん。

「だが、これを発症《はっしょう》するのは、たいてい中年以降《ちゅうねんいこう》の男性《だんせい》なんだ」

げ、私《わたし》って、おっさんっ⁉

小学生《しょうがくせい》も、やだけど、おっさんも、やだよぉ！

「記憶《きおく》がないとなると、睡眠時遊行症《すいみんじゆうこうしょう》のほうが近《ちか》いか」

ああ、小学生《しょうがくせい》だぁ、しくしくしく……。

「しかし、字《じ》を書《か》くというケースはめずらしい。やはり手術《しゅじゅつ》して頭《あたま》の中《なか》を見《み》るしかないか」

それがいちばん、やだっ！

8 もしかして心霊現象《しんれいげんしょう》

女公爵《おんなこうしゃく》が、声《こえ》をひそめて言《い》った。

「異常行動《いじょうこうどう》だよな。プランス、それってさ」

異常行動《いじょうこうどう》っ！

あらためてそう言《い》われると、とてもショックだった。

私《わたし》って、異常行動《いじょうこうどう》したんだ。

自分《じぶん》がふつうじゃなくなったような気《き》がして、とても心《こころ》ぼそい感《かん》じ。

「このあいだの時間空間旅行《じかんくうかんりょこう》と、なにか関係《かんけい》があるのか」

プランスは、すっと青《あお》ざめた。

もともと、はだが白《しろ》いのに、それがまるで、磁器《じき》みたいなピュアホワイトにっ！

「わからない」

しだいに深刻《しんこく》な表情《ひょうじょう》になって、プランスは、セルリアン・ブルーの瞳《ひとみ》に、おそろしいほど冷《つめ》たい光《ひかり》をきらめかせた。

「旅行《りょこう》そのもののせいかもしれないし、時空間酔《じくうかんよ》いどめの副作用《ふくさよう》かもしれない。人間《にんげん》なら自分《じぶん》でためしたが、動物《どうぶつ》レベルまでは考《かんが》えてみなかった」

もうすっかり動物《どうぶつ》あつかい、ブウブウ、メエメエ……。

「とにかくスズ、一度《いちど》、うちの病院《びょういん》に入院《にゅういん》しろ」

ひっ、入院《にゅういん》っ!?

私《わたし》は、病院《びょういん》がきらい、もちろん入院《にゅういん》なんて大《だい》きらいっ！

「徹底的《てっていてき》に調《しら》べてやる」

ゾクッ！

逃《に》げだしたい思《おも》いで、私《わたし》は、背中《せなか》をおもいっきり、車内《しゃない》のかべに押《お》しつけた。

「あ、あの、私《わたし》にも、つごうってものがあるし」

そう言《い》ったとき、女公爵《おんなこうしゃく》が深《ふか》くうなずいたのだった。

「そうだよ」

ありがと、女公爵《おんなこうしゃく》は、私《わたし》の味方《みかた》よね。

私《わたし》が天才作家《てんさいさっか》だってこと知《し》ってるの、女公爵《おんなこうしゃく》だけだもんね。

「スズのつごうは、どうでもいいけどさ」

あ、そっ！

うらぎり者《もの》っ!!

「せっかく、いい小説書《しょうせつか》けてんのに、もったいないじゃん。もし病気《びょうき》だとしたら、治《なお》さないほうがいいよ」

そうかな……。

「バカな」

プランスは、吐《は》きすてるように、きっぱりと言《い》った。

「小説《しょうせつ》ごときで、体《からだ》を犠牲《ぎせい》にする気《き》か。そんなことはさせない。いまとはべつの異常症状《いじょうしょうじょう》が出《で》てきたら、どうするつもりだ。夜中《よなか》に飛《と》びおきてウグイスのまねをするとか、パンダのように笹《ささ》を食《く》うとか」

その瞬間《しゅんかん》、女公爵《おんなこうしゃく》は、どっと笑《わら》いだし、学校《がっこう》に着《つ》くまで、ずううううっと笑《わら》いつづけていた。

ふん、私《わたし》のウグイスやパンダが、なんでそんなにおかしいのよ。

かわいいじゃん。

「とにかく入院《にゅういん》しろ、スズ。わかったな」

そう言《い》ってプランスは、運転手《うんてんしゅ》さんが開《ひら》いてくれたドアから、外《そと》に足《あし》を出《だ》した。

そのとたんに、黄色《きいろ》い声《こえ》の大合唱《だいがっしょう》っ！

「プランスさま、おはようございます」

車《くるま》の窓《まど》から見《み》れば、校門《こうもん》の周辺《しゅうへん》に、ずらっと女《おんな》の子《こ》たちの列《れつ》ができていた。

毎朝恒例《まいあさこうれい》の、「プランスさまファン」のお出迎《でむか》えだった。

ちっ、しくじったっ！

校門《こうもん》より手前《てまえ》で降《お》ろしてもらえば、さっさと教室《きょうしつ》に行《い》けたのに。

しょうがない、ちょっとここで待《ま》とう。

「ご体調《たいちょう》は、いかがですか、プランスさま」

「おつかれじゃありませんか」

「今日《きょう》のお昼《ひる》は、和洋中《わようちゅう》、どれになさるんですか」

いろいろな声《こえ》が飛《と》ぶんだけど、プランスは、すべて無視《むし》っ！

だまったまま歩《ある》いていく。

女子《じょし》たちは、プランスが通《とお》りすぎると、そのあとについていくから、校門前《こうもんまえ》の大行列《だいぎょうれつ》は、しだいに移動《いどう》、解消《かいしょう》していくんだ。

でも、みんながうっとりしているんで、その動《うご》きは、ものすごくノロいっ！

おまけにプランスは、２年生《ねんせい》の昇降口《しょうこうぐち》にむかうから、校門《こうもん》からそこまでが、ずうっと渋《じゅう》滞《たい》っ!!

それを見《み》おくりながら、女公爵《おんなこうしゃく》がため息《いき》をついた。

「プランスは、責任《せきにん》を感《かん》じてるのさ」

へっ!?

「おまえを時間空間旅行《じかんくうかんりょこう》に連《つ》れていったのは、あいつだからな」

へぇ、そうなんだ。

「そのせいで、おまえがぶっこわれたとなったら、そりゃ責任感《せきにんかん》じるだろ」

あのぅ……、ぶっこわれてないんですけどっ！

「あいつにとって、おまえは、大事《だいじ》な友《とも》だちだからさ」

私《わたし》は、ちょっとおどろいた。

「プランスが、そう言《い》ったの？」

女公爵《おんなこうしゃく》は、ふっと笑《わら》った。

「言《い》うわけないだろ」

そうだよね。

死《し》んだって、そんなこと言《い》いそうにないもん。

「言《い》わないけど、見《み》ていればわかる」

そうかな？

「私《わたし》は、あいつを、小《ちい》さなときから、ずっと見《み》てきたから」

ああ、しんせきだもんね。

「あいつは、おまえに出会《であ》えて、すごくよかったんだ」

ふうん、私《わたし》、プランスの役《やく》にたってるんだ。

どういうふうに役《やく》だってるのかわからないけど、まぁいいや。

それだけで、うれしいもん！

「ところで、スズ、ほんとに書《か》いたことを覚《おぼ》えてないのか」

私《わたし》は、手《て》もとにあるノートをもういちど開《ひら》いて、自分《じぶん》が書《か》いた物語《ものがたり》を見《み》つめた。

「ん。てんで、まったく、からっきし」

そう言《い》いながら、全体《ぜんたい》をながめていて、気《き》がついたんだ。

文章《ぶんしょう》の中《なか》の、行《ぎょう》を変《か》えるところに、小《ちい》さな、ほんとうに小《ちい》さな点《てん》がついていることにっ！

目《め》がまんまるになってしまった。

だって、それは、オリちゃんのクセだったんだものっ！

私《わたし》の名前《なまえ》で小説《しょうせつ》を応募《おうぼ》して、先《さき》に死《し》んでしまったオリちゃん。

そのオリちゃんは、いつも行変《ぎょうが》えのとこに、小《ちい》さな点《てん》をつけてたんだよ。

そう思《おも》ってみれば、字《じ》だけはたしかに私《わたし》のだけど、その小《ちい》ささといい、間隔《かんかく》のつめかたといい、細《こま》かくビッシリと書《か》いてあるところといい、すべてがオリちゃんっぽいっ！

すっごく、きちょうめんだったんだよね。

それに、オリちゃんは、小説《しょうせつ》を書《か》いたノートを、いつもカバンの上《うえ》においていた。

つくえの上《うえ》におくと、学校《がっこう》に持《も》っていくのをわすれることがあるから、ママが見《み》るとイヤだって。

でもカバンの中《なか》には、入《い》れない。

夜中《よなか》に、ハッと、いい言葉《ことば》がうかんだとき、暗闇《くらやみ》の中《なか》でも、手《て》さぐりでノートを開《あ》けられるようにって。

ああ、これを書《か》いたのは、オリちゃんだっ！

ほかに考《かんが》えられないっ!!

ということは、眠《ねむ》ってる私《わたし》の中《なか》に、オリちゃんが降臨《こうりん》したぁっ!?

9 真実《しんじつ》を打《う》ちあける

「あのさ、心霊現象《しんれいげんしょう》って、信《しん》じる？」

私《わたし》が言《い》うと、女公爵《おんなこうしゃく》は、ケッという顔《かお》をした。

「信《しん》じないよ」

まぁ、そういう人《ひと》だよね。

でも私《わたし》、話《はな》さずにいられなかった。

あんまりにもショックで。

「私《わたし》、双子《ふたご》の姉《あね》がいたんだ。死《し》んじゃったんだけどね。小《しょう》6のとき、小説《しょうせつ》を書《か》いて応募《おうぼ》したのは、じつは、姉《あね》のオリちゃんだったの」

女公爵《おんなこうしゃく》は、ギョッとしたような顔《かお》になった。

「じゃ、おまえ、ニセ作家《さっか》？」

うん、そうなるかも。

「まずいだろう、それは」

ん、わかってるけど……。

「『青春文学賞《せいしゅんぶんがくしょう》』は、でかい賞《しょう》だぜ。そのぶん、影響力《えいきょうりょく》も大《おお》きい。いままでよく平気《へいき》でいられたな。脱帽《だつぼう》だ」

あ、もしかして私《わたし》、ほめられてる？

「おい、胸《むね》をはるな。ほめてない」

あきれかえる女公爵《おんなこうしゃく》に、私《わたし》は事情《じじょう》を説明《せつめい》した。

「この物語《ものがたり》って、オリちゃんが私《わたし》を使《つか》って書《か》いてるのかも。私《わたし》が覚《おぼ》えてないのは、きっとそのせいだよ」

きっとオリちゃんは、小説《しょうせつ》を書《か》きたかったんだよね。

もっともっと書《か》きたかったんだ。

才能《さいのう》があったんだもんね。

オリちゃんこそ、天才《てんさい》だったんだもの。

オリちゃんの命《いのち》は消《き》えてしまったけれど、その思《おも》いは、いまも消《き》えずに残《のこ》っているんだ。

だから、私《わたし》の中《なか》にあらわれた。

そうだよね。

「私《わたし》、このつづきを書《か》く。オリちゃんが書《か》きたいって言《い》ってるんだから、きっとできる」

私《わたし》がそう言《い》うと、女公爵《おんなこうしゃく》は、用心深《ようじんぶか》そうな顔《かお》つきになった。

「まず、今夜《こんや》も書《か》けるかどうか、ためしてみろよ」

うん！

「考《かんが》えようによっては、これはチャンスだ。書《か》けるだけ、書《か》け。いつまた書《か》けなくなるか、わかったもんじゃないからな」

私《わたし》は、青《あお》ざめた。

そうだ、もしオリちゃんだとしても、いつまでつづくのか、まるでわからない。

ひょっとして、もう出《で》てこないかもしれないし。

降臨《こうりん》のパターンが、読《よ》めないんだもの。

私《わたし》は、手《て》にしていたノートを、ギュッと抱《だ》きしめた。

「今夜《こんや》も、ためしてみるよ」

すると、女公爵《おんなこうしゃく》は、ちょっと考《かんが》えてから言《い》った。

「いくら姉貴《あねき》が書《か》いてるからって、おまえもがんばらなきゃダメだぜ。霊魂《れいこん》まかせじゃ不安定《ふあんてい》だろうが。それを補助《ほじょ》しなくちゃ」

ふむ。

「まったくの初心者《しょしんしゃ》の、おまえの負担《ふたん》を軽《かる》くするために、多少《たしょう》のことを教《おし》えておいてやるからよく聞《き》け。小説書《しょうせつか》きの先輩《せんぱい》からの忠告《ちゅうこく》だ。いいか」

真剣《しんけん》な顔《かお》だった。

「登場人物《とうじょうじんぶつ》の名前《なまえ》は、シンプルなほうがいい。とくに、このルイ・シャルルはよくな

い。ダブルネームは、日本人《にほんじん》の読者《どくしゃ》になじまない。この名前《なまえ》に、とくべつな思《おも》い入《い》れでもあるのか」

あるような、ないような……。

なんだか、この名前《なまえ》を見《み》ると、心《こころ》がふるえるんだよね。

これって、思《おも》い入《い》れっていうんだろうか。

「とくべつな思《おも》い入《い》れがなければ、単純化《たんじゅんか》しろよ。たんにルイとか、シャルルでいいじゃないか」

私《わたし》は、ルイとつぶやいてみた。

ルイ、るい、どうも、1塁《るい》2塁《るい》を思《おも》いだす。

で、シャルル、とつぶやいてみた。

するともう、心《こころ》がふるえることもなかった。

ん、まぁ、そうだね、こっちのほうが書《か》きやすいかも。

「それから登場人物《とうじょうじんぶつ》には、身近《みぢか》な人間《にんげん》の性格《せいかく》を反映《はんえい》させることだ」

びっくりした。

物語《ものがたり》の登場人物《とうじょうじんぶつ》って、頭《あたま》の中《なか》で作《つく》らなきゃいけないんだとばかり思《おも》っていたから。

「そのほうが現実感《げんじつかん》が出《で》る」

なるほど。

「たとえばプランスだ。あいつは、すごく個性的《こせいてき》な登場人物《とうじょうじんぶつ》になるぞ」

よし、使《つか》おう。

「ありがと」

そう言《い》いながら、私《わたし》は、女公爵《おんなこうしゃく》を見《み》つめた。

心《こころ》の中《なか》で、なにを考《かんが》えていたかっていうと。

女公爵《おんなこうしゃく》だって、そうとう、おもしろい登場人物《とうじょうじんぶつ》になるんじゃないかってこと。

きっとオリちゃんも、気《き》に入《い》ってくれると思《おも》うな、うんっ！

10 わすれたほうがいい？

その日《ひ》、シャーベット寮《りょう》で、緊急《きんきゅう》のお茶会《ちゃかい》が開《ひら》かれるという連絡《れんらく》がきた。

ついでに、私《わたし》への緘口令《かんこうれい》を解除《かいじょ》するというお触《ふ》れもまわったので、ミャーコは、私《わたし》に飛《と》びついてきた。

「ね、お茶会《ちゃかい》、つれてってくれるよね。成宮《なるみや》くんから聞《き》いたんだけど、旅行《りょこう》って、どうだったの。いいことあった？　なにか買《か》った？　私《わたし》におみやげは？　プランスさまは、どうだったの？　有名人《ゆうめいじん》に会《あ》った？」

う〜ん、答《こた》えられんっ！

「ごめん。なんか、よく覚《おぼ》えてないんだ」

私《わたし》がそう言《い》うと、ミャーコは、うたがわしそうな目《め》つきになった。

「あやしい。もしかしてプランスさまと、なにかあったの？」

へっ!?

「ずっと、2人《ふたり》っきりだったじゃない？　なにか、あっても、おかしくないでしょ」

なにかって、ミャーコさん、そのなにかとは、いったいなんなのでしょう？

「いいな、いいな、ずっと2人《ふたり》きりで」

あー、うるさい。

緘口令《かんこうれい》、解除《かいじょ》しないほうがよかったかも。

私《わたし》は1人《ひとり》で、さっさとシャーベット寮《りょう》にむかった。

少《すこ》し坂《さか》になっている、その道《みち》を歩《ある》くのはひさしぶりで、なんだかなつかしかった。

「今日《きょう》のお茶会《ちゃかい》は、図書室《としょしつ》で行《おこな》います」

玄関《げんかん》にむかえに出《で》てきた上級生《じょうきゅうせい》が、いつもどおり、部屋《へや》に案内《あんない》してくれる。

図書室《としょしつ》は、1階《かい》のいちばん西側《にしがわ》の部屋《へや》で、ドアを開《あ》けると、みんながいた。

椅子《いす》に腰《こし》かけたプランスが、英語《えいご》の雑誌《ざっし》を読《よ》んでいて、うしろから女公爵《おんなこうしゃく》がのぞきこんでいる。

そのそばでは、1人《ひとり》がけのソファにすわった成宮《なるみや》が、サッカー雑誌《ざっし》を開《ひら》いている。

部屋《へや》のすみにはピアノがおいてあって、３年生《ねんせい》がしずかなメロディを奏《かな》でている。

それらを見《み》て、私《わたし》は、とても落《お》ちついた気分《きぶん》になった。

なんとなく、ほっとするっていうか、そんな感《かん》じ。

「今日《きょう》の『セル・メタボリズム』の記事《きじ》は、スズのためにあるようなものだな」

そう言《い》いながらプランスが、ちらっと私《わたし》を見《み》た。

「大学《だいがく》の研究《けんきゅう》チームが、減量効果《げんりょうこうか》のあるたんぱく質《しつ》を発見《はっけん》した」

え？

「このたんぱく質《しつ》には、体《からだ》の脂肪《しぼう》を減《へ》らす効果《こうか》があって、マウスに注射《ちゅうしゃ》したところ、体重《たいじゅう》の増《ふ》えかたが半分以下《はんぶんいか》になったそうだ」

すごいっ！

「名前《なまえ》は、たんぱく質《しつ》ＡＩＭだ。副作用《ふくさよう》もなく、大量生産《たいりょうせいさん》が可能《かのう》だから、単価《たんか》も安《やす》い」

ほしいっ！

「使《つか》いかたは、やせたい部分《ぶぶん》に、これを注射《ちゅうしゃ》するだけ」

かんたんだぁ！

「作《つく》りかたは……ん、たいしたことないな。ほしければ、作《つく》ってやるよ」

わんっ！

「ただ、すでに肥満《ひまん》が進行《しんこう》していると、副作用《ふくさよう》があるそうだが」

そう言《い》いながらプランスは、椅子《いす》から体《からだ》を乗《の》りだし、私《わたし》の全身《ぜんしん》をながめまわした。

そして、ポツリとひと言《こと》。

「おまえは、やめておいたほうがいい」

なんでよっ！

「じゃ、私《わたし》は、どうですか」

ミャーコが、うれしそうに進《すす》みでて言《い》った。

「私《わたし》なら、肥満《ひまん》じゃないし」

私《わたし》だって、肥満《ひまん》じゃないよっ！

「ちょうどいいと思《おも》うんですが」

プランスは、開《ひら》いていた雑誌《ざっし》を閉《と》じ、女公爵《おんなこうしゃく》のほうをむいた。

「お茶会《ちゃかい》をはじめろよ」

わっ、無視《むし》したっ！
私《わたし》は、ミャーコの気持《きも》ちを考《かんが》えて、ハラハラした。
でも、ミャーコは、ちょっと息《いき》をついただけで、こう言《い》ったんだ。
「冷《つめ》たいところが、ステキ！」
私《わたし》はほっとしながら、朝《あさ》、女公爵《おんなこうしゃく》が言《い》っていたことを考《かんが》えてみた。
ミャーコも、個性《こせい》が強《つよ》いから、けっこういい登場人物《とうじょうじんぶつ》になるかも。
そしてプランスがね、ミャーコを冷《つめ》たくあつかうのよ。
でも、ミャーコは、てんで動《どう》じない。
心《こころ》の中《なか》で、物語《ものがたり》の世界《せかい》が動《うご》きだすような気《き》がした。
わくわく、わくわく、わくわく。
胸《むね》がおどるって、きっとこんな感《かん》じなんだっ！
プランスやミャーコのことなら、山《やま》ほど書《か》けるし。
よおし、書《か》くぞぉ！
そして金田《かねだ》さんに、バシッと突《つ》きつけてやるんだぁ！

あ、金田《かねだ》さんも、登場人物《とうじょうじんぶつ》にできるかも。

もちろん、敵役《かたきやく》だけどさ。

物語《ものがたり》の中《なか》で、しかえししてやろっと、あはっ！

「最初《さいしょ》に、私《わたし》から発表《はっぴょう》だ」

女公爵《おんなこうしゃく》の声《こえ》がした。

「先《さき》に連絡《れんらく》したように、鈴木美鈴《すずきみすず》に対《たい》する緘口令《かんこうれい》は解除《かいじょ》する。だがスズは、時間空間旅行《じかんくうかんりょこう》もしくは、そのほかの原因《げんいん》による一時的《いちじてき》な記憶喪失《きおくそうしつ》をおこしている。みんな、気《き》をつかってやるように」

同情《どうじょう》するような目《め》が、私《わたし》に集《あつ》まった。

いいけどね……。

でもいったい、その旅行先《りょこうさき》で、どんなことがあったんだろう。

ふしぎに思《おも》いながら、私《わたし》は手《て》をあげて、司会《しかい》をしている女公爵《おんなこうしゃく》に発言《はつげん》の許可《きょか》をもとめた。

「あの、本人《ほんにん》としては、その旅行《りょこう》でなにがあったのか、知《し》りたいんですけど」

瞬間《しゅんかん》、刃物《はもの》のように鋭《するど》い、ものすごい視線《しせん》が飛《と》んできたっ！

「みんな、知《し》りたいんだよ。おまえのためにガマンしてきたんだぞ。それを、ぜんぶまるごとわすれておいて、そのセリフかっ！」

刺《さ》し殺《ころ》されるかと思《おも》った、ハアハア、ゼイゼイ。

「なにもなかったよ」

プランスが、ふっと言《い》った。

「なにもなかったんだ。だからみんな、そのことはわすれてくれ」

部屋《へや》の中《なか》にいるメンバーをゆっくりと見《み》まわし、最後《さいご》に私《わたし》のほうをむく。

「おまえも、思《おも》いだすんじゃない」

部屋《へや》の中《なか》が、シーンとした。

「それが、幸《しあわ》せだ。いいな」

宇宙《そら》の色《いろ》をしたその青《あお》い瞳《ひとみ》は、とてもあざやかで、そしてなんだか哀《かな》しそうだった。

はて……？

11 不吉《ふきつ》な電話《でんわ》

その夜《よる》、私《わたし》は、ノートをつくえの上《うえ》においた。

そして、その上《うえ》にメモを載《の》せたんだ。

「オリちゃんへ。私《わたし》からの提案《ていあん》です。ルイ・シャルルというダブルネームは、日本《にっぽん》になじまないと言《い》われました。私《わたし》もそう思《おも》うので、ひとつとって、シャルルにしたらどうでしょう。考《かんが》えてみてね」

オリちゃんが、これを読《よ》んでくれますように。

祈《いの》るような気持《きも》ちで、私《わたし》はベッドに入《はい》った。

その直後《ちょくご》っ！

電話《でんわ》の呼《よ》びだし音《おん》が家中《いえじゅう》に響《ひび》きわたって、私《わたし》は飛《と》びおきた。

こんな時間《じかん》に電話《でんわ》がくることなんて、ほとんどないから、ドキッとしたんだ。

ヘンな時間《じかん》にかかってくる電話《でんわ》って、たいてい、よくないことなんだもん。

それに、静《しず》まりかえった家《いえ》の中《なか》に電話《でんわ》の音《おと》が響《ひび》くと、どうしても、ママたちが死《し》んだときに、かかってきた電話《でんわ》のことを思《おも》いだすからさ。

「はい」

叔母《おば》さんの声《こえ》がして、なにか話《はな》している気配《けはい》だった。

しんせきからかなぁ。

お友《とも》だちとか。

いろいろ考《かんが》えながら、私《わたし》はそのまま寝《ね》ようとした。

すると、

「スズちゃん、電話《でんわ》よ」

え、私《わたし》に、なのっ!?

「編集《へんしゅう》の金田《かねだ》さんから」

げっ！

おもわず体《からだ》が、こわばってしまった。

おそろしさのあまりっ！

でも、よく考《かんが》えたら、もう恐《こわ》がらなくてもいいんだ。

私《わたし》は、オリちゃんといっしょに、小説《しょうせつ》を書《か》きはじめてるんだもの。

大《おお》きな顔《かお》で、金田《かねだ》さんに報告《ほうこく》できるんだよね、わっはっは！

「はい、2階《かい》で出《で》ます」

私《わたし》は、つくえの上《うえ》に載《の》っているキティちゃんの電話《でんわ》をとりあげて、いきおいよく言《い》った。

「代《か》わりました。美鈴《みすず》です。あの、いま、書《か》きはじめているので、途中《とちゅう》でもよければ、原《げん》稿《こう》送《おく》れますけど」

すると、電話《でんわ》のむこうから返《かえ》ってきたのは。

「……」

沈黙《ちんもく》。

「あの、もしもし」

どうかしたのかな、金田《かねだ》さん。

「書《か》きはじめてるんで、送《おく》りますけど」

もういちど言《い》うと、やっと聞《き》こえてきたのは、

「ふ、ふ、ふ」

おし殺《ころ》した笑《わら》い声《ごえ》。

「くっ、くっ、く」

なんだろ。

私《わたし》があんまり書《か》かなかったから、ついに、頭《あたま》に血《ち》がのぼったのかな。

そう思《おも》いながら笑《わら》い声《ごえ》に耐《た》えていると、やがて金田《かねだ》さんは正気《しょうき》に返《かえ》り、人間《にんげん》の言葉《ことば》で話《はな》しだした。

「今日《きょう》、電話《でんわ》したのは」

原稿《げんこう》の催促《さいそく》でしょ。

「原稿《げんこう》なんか、もういりませんと言《い》うためです」

へっ⁉

あんなに、しつこかったのに、それはいったい、どーいうこと？

「僕《ぼく》、やっと、あなたの担当《たんとう》をはずれて、ほかの部署《ぶしょ》に異動《いどう》したんです。ああ、よかった。

あんまりにもうれしかったんで、ついお酒《さけ》を飲《の》みすぎちゃって、電話《でんわ》するのがおくれました。ごめんね、ごめんねぇ。あはははは」

げっ、ほんとに酔《よ》っぱらってる！

「これで、ようやく、さよならできると思《おも》うと、僕《ぼく》は大《おお》きなストレスから解放《かいほう》されました。ばんざーい」

酔《よ》っぱらいは、ほうっておこう。

それより、自分《じぶん》のことを考《かんが》えなくちゃ。

えっと金田《かねだ》さんがいなくなるとすると、できあがった原稿《げんこう》は、だれにわたせばいいの？

「それで、僕《ぼく》の仕事《しごと》を引《ひ》きつぐ、後任《こうにん》の担当者《たんとうしゃ》のことですが」

ん、ちゃんと引《ひ》きついでよね。

せっかく原稿《げんこう》、書《か》きはじめてるんだからさ。

「あなたの担当者《たんとうしゃ》は、いません」

ひえっ!?

「現時点《げんじてん》で、うちの社《しゃ》に著作《ちょさく》のない人《ひと》には、担当者《たんとうしゃ》がつかないんです。あなたが最初《さいしょ》に出《だ》した本《ほん》は、もう品切《しなぎ》れで重版未定《じゅうはんみてい》。つまり絶版《ぜっぱん》あつかいなので、あなたの本《ほん》はこの世《よ》にないということになります」

があ〜んっ！

「だから、あなたには、もう担当者《たんとうしゃ》はつかないんです。当然《とうぜん》、本《ほん》も出《で》ません。ああ、すっきりした。じゃあ、これで。短《みじか》い縁《えん》でしたが、たっぷり悩《なや》まされて苦《くる》しかったですよ。さようなら」

ガチャッと切《き》れた電話《でんわ》を見《み》つめて、私《わたし》は、ボーゼンっ！

やっと世界《せかい》が動《うご》きはじめて、わくわくしながら書《か》きはじめたっていうのに、これって……。

わーん、泣《な》いちゃうっ!!

12
3日目《かめ》の奇跡《きせき》

ベッドに入《はい》っても、私《わたし》は眠《ねむ》れなくて、あっちにゴロゴロ、こっちにゴロゴロと寝返《ねがえ》りばかり打《う》っていた。

どうせなら、私《わたし》が書《か》けないって言《い》ってるときに、こうなってほしかった。

それなら、なんの問題《もんだい》もなくて、むしろ、ばんざーい、だったのに。

オリちゃんが、書《か》きたいって意思表示《いしひょうじ》をはじめて、私《わたし》も書《か》けるかもしれないって思《おも》いはじめた、いまになって、こんなこと。

ひどいよぉ！

しかもオリちゃんの本《ほん》も、もうこの世《よ》にないなんて。

一生懸命《いっしょうけんめい》書《か》いていたのに。

オリちゃんの生涯《しょうがい》で、最初《さいしょ》で最後《さいご》の物語《ものがたり》だったのに。

そのあげくに、いま、書《か》きはじめた本《ほん》まで出《だ》せないなんて、きっとオリちゃんも、がっかりするだろうな。

もうやめてしまうよ、たぶん。

だって書《か》いたって、出《だ》せなかったらムダだもんね。

こうなったのは、これまで書《か》かずにサボっていた、私《わたし》のせい？

でも昨日《きのう》、女公爵《おんなこうしゃく》に言《い》われるまでは、自分《じぶん》に小説《しょうせつ》が書《か》けるなんて、思《おも》わなかったんだもの。

書《か》けそうかもって思《おも》ったときはあったけど、その気持《きも》ちは長《なが》くつづかなくて、私《わたし》にはムリだって感《かん》じてたんだもの。

昨日《きのう》がはじめてだったんだよ、心《こころ》の中《なか》で物語《ものがたり》が動《うご》くなんて。

それなのに、もう担当者《たんとうしゃ》がいなくて、本《ほん》も出《だ》せないなんて！

ああ、ダメだ、私《わたし》、この現実《げんじつ》に耐《た》えきれない。

頭《あたま》がガンガンして、ちっとも眠《ねむ》れないし、のどがギュッとつまった感《かん》じで、なにも食《た》べたくないし、胸《むね》はうつろで、いまにも押《お》しつぶされそうだもん。

もうきっと、生《い》きていけないんだ。
ぜったい、生《い》きてけない。
そう思《おも》いながら、いつの間《ま》にか寝《ね》たのよね、私《わたし》。
朝《あさ》、おなかがすいて、目《め》がさめたし。
人間《にんげん》って、ほんと、ふしぎ。
私《わたし》が知《し》らない私自身《わたしじしん》の力《ちから》って、まだまだあるのかもしれないなって思《おも》えた。
つくえの上《うえ》に目《め》をやると、そこにおいたノートがない。
それで、カバンのところを見《み》てみると、いつもどおりに、そこにおいてあった。
これが動《うご》いたってことは……もしかして、オリちゃん、書《か》いたの？
いや待《ま》て、本《ほん》が出《だ》せないってことがわかって、ムッとして投《な》げすてたのかもしれない。
私《わたし》は、いそいでノートをとりあげ、開《ひら》いてみた。
するとっ！
昨日《きのう》のつづきが、1ページぶん、ちゃんと書《か》いてあったんだ。
私《わたし》は、ジーンとしてしまった。

だって、オリちゃんは、まだ書《か》くつもりなんだ。

本《ほん》が出《で》ないってわかっていても、書《か》くつもりなんだ。

ムダになっても、書《か》く気《き》なんだ。

それって、すごい！

ああ、オリちゃんは、ほんとうに物語《ものがたり》を書《か》きたいんだね。

どこまでも、どこまでも書《か》いていきたいんだ。

だったら、私《わたし》だって、へこたれないよ。

オリちゃんの物語《ものがたり》を、ちゃんと受《う》けとめるもん。

そして、本《ほん》が出《だ》せるようにがんばるから！

また賞《しょう》に応募《おうぼ》すればいい。
1からでなおして、担当者《たんとうしゃ》をつけてもらえばいいんだ。
とにかく、これをしあげよう。
「オリちゃん、いっしょにがんばろうねっ！」
そう言《い》ってから、私《わたし》は気《き》がついた。
3ページ目《め》も、名前《なまえ》が、ルイ・シャルルのままだってことに。
私《わたし》が提案《ていあん》したのに、てんで無視《むし》。
もとのまんま。
う〜ん、オリちゃんって……そういえば、けっこうガンコだったっけ。
私《わたし》は、急《きゅう》に、とてもふくざつな気持《きも》ちになった。
だって、私《わたし》は、プランスとかミャーコとかを書《か》いていきたいのよ。
でも、オリちゃんは、しらんぷりしそう。
こんなんで、この先《さき》、私《わたし》たちって、うまくやっていけるんだろうか。

13 むりやり検査《けんさ》

よし、女公爵《おんなこうしゃく》に相談《そうだん》してみよう。

私《わたし》は、通学《つうがく》カバンを持《も》って家《いえ》を出《で》て、バス停《てい》まで歩《ある》いた。

でも、バス停《てい》まで行《い》きつけなかった。

なぜって、途中《とちゅう》で、

「おい」

突然《とつぜん》、わきだしたプランスに出会《であ》ったから。

「入院準備《にゅういんじゅんび》をととのえておいた。いっしょに来《こ》い。1泊《ぱく》2日《か》でいいから。保護者《ほごしゃ》の許可《きょか》はとっておく」

と言《い》われてもねぇ……。

「ダメだよ。今日《きょう》は、女公爵《おんなこうしゃく》に相談《そうだん》があるの」

私《わたし》が断《ことわ》ると、プランスはなおも言《い》った。

「悠貴《ゆうき》を、病院《びょういん》に行《い》かせればいいだろう」

まぁ、そうだけど。

「でも、学校《がっこう》を休《やす》みたくない。皆勤賞《かいきんしょう》ねらってるんだ」

なおも逆《さか》らうと、プランスは、ムッとしたような表情《ひょうじょう》になった。

「夜中《よなか》に、ウグイスでもいいのか。夜中《よなか》にパンダで、満足《まんぞく》なのか」

やだけど。

でも、私《わたし》の異常行動《いじょうこうどう》を治療《ちりょう》したら、オリちゃんが出《で》てこられなくなってしまうかもしれないじゃん。

それだと、かわいそうだもの。

「病室《びょうしつ》には、いま、関東《かんとう》でいちばん人気《にんき》があるというアップルパイを用意《ようい》した」

ピクッ！

「甘《あま》いチョコレートドリンクもある」

ピクピクッ！

「ゲームもDSも、あらゆる種類《しゅるい》を用意《ようい》してある。したいほうだいだ」

よし、行《い》こう！

ただし、放課後《ほうかご》から1泊《ぱく》ね。

私《わたし》は、プランスに人《ひと》さしゆびを突《つ》きつけて、きびしく言《い》った。

「放課後《ほうかご》から、つぎの朝《あさ》までなら、手《て》を打《う》ってもいい。でも検査《けんさ》だけだよ。治療《ちりょう》はしないからね」

プランスは、まいったといったようなため息《いき》をついて、ハニー・ブロンドをかきあげた。

「ま、いいだろう。それでなんとかする」

わーいっ！

「このまま、野《の》ばなしにするより、マシだからな」

人《ひと》のこと、野生動物《やせいどうぶつ》あつかいしてさ、ふん。

「じゃ、学校《がっこう》まで、いっしょに乗《の》っていくか」

そう言《い》って、立《た》てた親《おや》ゆびで、うしろの駐車場《ちゅうしゃじょう》をさす。

そこには、見《み》たこともない車《くるま》がとまっていた。

黒《くろ》に近《ちか》いような群青色《ぐんじょういろ》で、前《まえ》の部分《ぶぶん》がブルドッグみたいなの。

「なに、あれ」

私《わたし》が聞《き》くと、プランスは肩《かた》ごしに車《くるま》のほうに目《め》をやった。

「クラシック・ロールス・ロイスだ。最高級《さいこうきゅう》モデルのシルヴァー・レイス。2ドア・コンバーチブルだ」

う～む、言葉《ことば》がさっぱり、チンプンカンプン。

「世界《せかい》に1台《だい》しかない車《くるま》だ」

あ、わかりやすい。

でも、もっとわかりやすいのは、ね。

「えっと、いくら？」

私《わたし》が聞《き》くと、プランスはちょっと眉根《まゆね》をよせた。

「さぁ」

ものの値段《ねだん》って、プランスにとっては、すごくどうでもいいものだったみたい。

「たぶん、５３００万円《まんえん》くらいかな。消費税《しょうひぜい》が２６５万円《まんえん》くらいだって言《い》ってたような気《き》がする」

げ、高《たか》っ！

消費税《しょうひぜい》ぶんだけで、ほかの車《くるま》がたくさん買《か》えるじゃん。

「もっともエレガントなロールス・ロイスと言《い》われているんだ。乗《の》ると、よくわかる。行《い》こう」

アカンベ。

ただでさえめだつのに、あんなブルドッグ顔《がお》の車《くるま》に乗《の》っていったら、もう最悪《さいあく》。

「中《なか》に、アップルパイがあるぞ」

何度《なんど》も、その手《て》に乗《の》るもんか。

今日《きょう》、放課後《ほうかご》、病院《びょういん》で食《た》べられると思《おも》えば、ガマンできるもん。

私《わたし》は、バス停《てい》に足《あし》をむけながら、プランスをふり返《かえ》った。

「プランスも、バス通学《つうがく》にすれば？　そうしたらいっしょに行《い》けるし、いろいろ教《おし》えてあげられるから」

プランスは、固《かた》まったように、立《た》ちすくんだままだった。

むこうからバスがやってくる。

私《わたし》が乗《の》りこもうとすると、うしろのほうからプランスが言《い》った。

「おまえが私《わたし》に、なにを教《おし》えてくれるんだ。ウグイスの声《こえ》の出《だ》しかたか。それとも笹《ささ》の食《く》いかたか」

ふんっ！

14 除霊《じょれい》しろ⁉

お昼休《ひるやす》みに乗馬部《じょうばぶ》をたずねていくと、女公爵《おんなこうしゃく》は、片手《かたて》に持《も》ったバゲットに食《く》いつきながら部室《ぶしつ》から出《で》てきた。

「おまえ、昼《ひる》、食《く》ったの？」

私《わたし》は、手《て》に持《も》っていたお弁当《べんとう》を持《も》ちあげて見《み》せた。

「じゃ、そこで食《く》えば」

アゴで、近《ちか》くにあったドアをさしてから、うしろをふり返《かえ》って、中《なか》にいる部員《ぶいん》に言《い》った。

「応接室《おうせつしつ》に、カフェ2つ、たのむ」

中《なか》から、きゃぴきゃぴした声《こえ》が聞《き》こえた。

「はい、すぐに私《わたし》が」

「ずるい。今日《きょう》のお世話係《せわがかり》は、私《わたし》よ」

「2人《ふたり》とも引《ひ》っこんでなさい。飲《の》み物《もの》に関《かん》しては、私《わたし》が担当《たんとう》です」

「3人《にん》とも、どいて。応接室《おうせつしつ》は、この私《わたし》の担当《たんとう》ですから」

女公爵《おんなこうしゃく》は、めんどうそうにつぶやく。

「はやい者勝《ものが》ち」

部室《ぶしつ》の中《なか》で、ものすごくあわてた物音《ものおと》がした。

「入《はい》れよ」

ドアを開《あ》けてもらって中《なか》に踏《ふ》みこむと、そこはむかい合《あ》わせにソファがならんだ、きれいな部屋《へや》だった。

乗馬部《じょうばぶ》の優勝《ゆうしょう》トロフィーやカップ、優勝旗《ゆうしょうき》もかざってある。

「どこでもいいから、すわれ」

言《い》いながら、女公爵《おんなこうしゃく》は、手《て》に持《も》ったバゲットをかじった。

まるで山賊《さんぞく》が、鳥《とり》のモモ焼《や》きでも食《た》べているみたいだった。

「今日《きょう》のお昼《ひる》って、バゲットだけなの？」

私《わたし》が聞《き》くと、女公爵《おんなこうしゃく》は、首《くび》を横《よこ》にふった。

「肉類《にくるい》と野菜《やさい》は、さっき食《く》った。いま、炭水化物《たんすいかぶつ》を摂取《せっしゅ》しているところ。ぜんぶ終《お》わったら、体《からだ》をシャッフルすれば、バランスのとれた昼食《ちゅうしょく》になる」

ヘンなの。

「用事《ようじ》は、なんだ」

私《わたし》は、今朝《けさ》のことを説明《せつめい》した。

「つまり、オリちゃんと私《わたし》って、書《か》きたいものがちがうみたいなんだ」

そう言《い》うと、女公爵《おんなこうしゃく》は、どこかをつねられたみたいに痛《いた》そうな顔《かお》になった。

「そりゃ、まずいな」

なんだろ、この過剰反応《かじょうはんのう》。

「双子《ふたご》だっていうから、そのへんの誤差《ごさ》はないと思《おも》っていたのに」

おあいにく。

双子《ふたご》だって、ちがっている部分《ぶぶん》のほうが多《おお》いんだよ。

べつべつの人間《にんげん》だもん。

「じつは、私《わたし》も以前《いぜん》に、友人《ゆうじん》と共同制作《きょうどうせいさく》を試《こころ》みたことがある」

へえ。

「作家志望者《さっかしぼうしゃ》には、よくあることだ。で、これもよくあることなんだが、書《か》きたいものがちがった」

ふむ。

「はじめは話《はな》しあって、相手《あいて》の意見《いけん》を尊重《そんちょう》しながら、ひとつの作品《さくひん》を作《つく》っていたんだが、そのうちに、めざしているものが、ぜんぜんちがうってことがわかってきた。その時点《じてん》で、作品《さくひん》は、ほぼできていて、あとはラストをつけるだけだったんだ。おたがい、好《す》きなラストをつけようということになったが、途中《とちゅう》までおなじだから、賞《しょう》に応募《おうぼ》できるのは1人《ひとり》だけだ。この作品《さくひん》は、いったいどっちのものだってことになって、大《だい》バトル」

ひえっ！

「結局《けっきょく》、ケンカ別《わか》れしたんだ。こういうケースが、けっこう多《おお》い。それから、これの逆《ぎゃく》もあって」

まだあるんだ、ゴクン。

「めざすものが、おなじってケース」

え、おなじでもダメなの？

「いっしょに作品《さくひん》を作《つく》っているあいだは、よかったんだ。ところが、ふと1人《ひとり》が、自分《じぶん》ばっかりアイディアを出《だ》していると思《おも》いはじめた。もう1人《ひとり》のほうは、自分《じぶん》の発想《はっそう》をもとにしてでないと、相手《あいて》はアイディアを作《つく》れないと考《かんが》えていた。これも、大《だい》バトルになって、ケンカ別《わか》れ」

じゃ、私《わたし》とオリちゃんも、いまに……。

「物語《ものがたり》を作《つく》るという作業《さぎょう》は、心《こころ》にかかわるからな。ちがう心《こころ》を持《も》った人間《にんげん》が組《く》んで、うまくいくのは、奇跡的《きせきてき》だ。大《だい》バトルになるほうが、ふつう」

それって、こまるよっ！

だってオリちゃんは、私《わたし》の中《なか》に降臨《こうりん》するんだもん。

体《からだ》は、ひとつよ。

バトルなんてしたら、私《わたし》、まっぷたつに割《わ》れるじゃん。

「やっぱり共同制作《きょうどうせいさく》は、あきらめるんだな。プランスの病院《びょういん》に行《い》くんだろ。そこで除霊《じょれい》してもらえ」

オリちゃんは、悪霊《あくりょう》じゃないっ！

「なんてったって、イヤなのは」

そう言《い》いながら女公爵《おんなこうしゃく》は、乱暴《らんぼう》にバゲットを食《く》いちぎった。

「それまで共同制作《きょうどうせいさく》をするほど、したしかったヤツ、なんでも話《はな》せて、気《き》があって、親友《しんゆう》みたいだったヤツを、方針《ほうしん》がちがうってだけで失《うしな》っちまうってことだよ。これは、きついね。いったんケンカになると、おたがいにプライドあるからさ、もとにもどりにくいんだ」

ゆううつそうなため息《いき》をついて、口《くち》をつぐむ。

切《き》れあがったその目《め》は、物語《ものがたり》を書《か》こうとしたために、経験《けいけん》しなければならなかった、たくさんのつらいことを、いくつもいくつも思《おも》いだしているかのように見《み》えた。

私《わたし》にはまだ、書《か》くことの楽《たの》しさしかわからないけれど、そのうちに、つらいことにも出《で》会《あ》うんだろうな。

そう思《おも》えた。

でも、それでも女公爵《おんなこうしゃく》は、物語《ものがたり》を書《か》くことをやめないんだよね。

それは、どうして？

答《こた》えが知《し》りたかったけれど、なんだか聞《き》いちゃいけないような気《き》がしたから、そのかわりに言《い》った。

「いまは、なにを書《か》いているの？」

女公爵《おんなこうしゃく》はちょっと笑《わら》った。

「ラヴ・ストーリー」

へえっ！

すっごく意外《いがい》だった。

「なんで、そんなの、書《か》く気《き》になったの？」

私《わたし》、ラヴ・ストーリーなんて、てんで書《か》く気《き》になれない。

っていうか、ぜったい書《か》けない。

「ねえ、なんで書《か》こうと思《おも》ったの？」

女公爵《おんなこうしゃく》は、ふっと遠《とお》くを見《み》るような目《め》つきになった。

「夢《ゆめ》を書《か》いてるって感《かん》じかな。現実《げんじつ》でうまくいかないことを、物語《ものがたり》の中《なか》でうまくいかせて、自分《じぶん》で満足《まんぞく》する。そんな感《かん》じだ。だからこれは、どこにも投稿《とうこう》しない」

わずかににじんだその微笑《ほほえ》みは、どこか皮肉《ひにく》っぽかった。

「書《か》くことは、自分《じぶん》を救《すく》うためでもあるんだ」

私《わたし》は、かなりあらたまった気持《きも》ちになって、女公爵《おんなこうしゃく》を見《み》つめなおした。

書《か》くことは、そんなに切実《せつじつ》で真剣《しんけん》なものなんだ。

だとしたら、私《わたし》も、もっときちんとしなくっちゃ。

そうでなかったら、なんだか恥《は》ずかしいもん。

真剣《しんけん》に、物語《ものがたり》とむきあわなかったら、ダメなんだ。

「書《か》きあがったら、見《み》せてくれる？」

そのとき、女公爵《おんなこうしゃく》は、バゲットの最後《さいご》の固《かた》まりを、口《くち》につっこんだところだったんだけど、たちまち真《ま》っ赤《か》になり、あげくにむせかえった。

そんなところを見《み》るのははじめてだったので、すごくびっくりした。

「まぁ、そのうちにな」

そう言《い》って立《た》ちあがり、逃《に》げるようにたち去《さ》ろうとして、こちらをふりむいた。

「除霊《じょれい》しないんなら、こうしろよ。姉貴《あねき》には、姉貴《あねき》の物語《ものがたり》を書《か》かせておくんだ。それとはべつに、おまえは、おまえの物語《ものがたり》を書《か》けばいい」

私《わたし》は、うなずいた。

「ん、ありがと」

女公爵《おんなこうしゃく》は、小《ちい》さく笑《わら》い、ちょっと片手《かたて》をあげた。

「じゃあな。ゆっくり食《く》えよ」

長《なが》い髪《かみ》をゆすって、ドアのむこうに消《き》えていく。

そのうしろすがたを見《み》ながら、私《わたし》は思《おも》ったんだ。

やっぱり女公爵《おんなこうしゃく》に相談《そうだん》してよかったって。

そして、なんとなく、こんなふうに感《かん》じた。

もしかして女公爵《おんなこうしゃく》は、私《わたし》のことを、いちばんよくわかってくれる人《ひと》になるのかもしれないって。

でも、おなじ趣味《しゅみ》を持《も》つどうしだからな。

大《だい》バトルにならないように用心《ようじん》しなくっちゃ、ね。

15
意外《いがい》な出会《であ》い

「ここが病室《びょうしつ》だ」

プランスが案内《あんない》してくれた部屋《へや》は、よく旅行用《りょこうよう》のパンフレットにのっている、ホテルのスイートルームのようだった。

広《ひろ》くって、おしゃれなソファとかテレビとかあって、浴室《よくしつ》や洗面所《せんめんじょ》がついていて、もちろんベッドもある。

「検査《けんさ》は、ぜんぶで3時間《じかん》だ。終《お》わったら、家《いえ》まで送《おく》ってやる」

私《わたし》は、キョロキョロと部屋《へや》の中《なか》を見《み》まわした。

「いちばん人気《にんき》のアップルパイは、どこ?」

プランスは、ちょっと眉《まゆ》をあげた。

「となりの部屋《へや》にセッティング中《ちゅう》だ」

え、となりなんて、あるんだ。

「見《み》てみろ」

プランスがアゴでドアを示《しめ》したので、私《わたし》は、それを開《あ》けて見《み》た。

びっくり。

そこは小《ちい》さなティールームで、中央《ちゅうおう》に丸《まる》いテーブルがおいてあって、2人《ふたり》のウェイターがテーブルクロスをかけたり、厚《あつ》いナプキンを、花《はな》びらのかたちにたたんだりしていた。

そばには、透明《とうめい》なカバーのかかったワゴンが2台《だい》あって、かたほうには、銀《ぎん》のナイフやフォークなどのカトラリー類《るい》、それにグラスが入《はい》っている。

もうかたほうは、段《だん》になっていて、1段《だん》1段《だん》にアップルパイが入《はい》っていた。

そのわきには、チョコレートドリンクを入《い》れた銀《ぎん》のポットがおかれている。

う〜ん、においが、もう最高《さいこう》っ！

「アップルパイは、とりあえず30枚注文《まいちゅうもん》したが」

まぁ、30枚《まい》だなんて……、もっと多《おお》くてもよかったのに。

「まだぜんぶ届《とど》いていない。小《ちい》さな店《みせ》で、大量注文《たいりょうちゅうもん》に応《おう》じるだけのオーブンがないから、順次《じゅんじ》焼《や》いて届《とど》けるとか。名前《なまえ》と味《あじ》だけが知《し》れわたって、まだ営業《えいぎょう》が追《お》いつかないようだ」

プランスが言《い》い終《お》わらないうちに、その部屋《へや》の、もう一方《いっぽう》のドアが開《ひら》いた。

「お待《ま》たせしてすみません。のこりの５枚《まい》、お届《とど》けにあがりました」

入《はい》ってきたのは、トレーナーを着《き》た、あのアップルパイ姫《ひめ》だった。

「あ」

私《わたし》が声《こえ》をあげると、アップルパイ姫《ひめ》もおどろいて、それからニッコリ笑《わら》った。

「あなただったのね。ご注文《ちゅうもん》ありがとう」

えっと、あの、ちがうけど。

私《わたし》は、モジモジしてしまった。

姫《ひめ》は、アップルパイを包《つつ》んだキャリーバッグをウェイターにわたし、それからプランスのほうにむきなおった。

「では、これが納品書《のうひんしょ》です。お代《だい》は、あとで父《ちち》がとりにくるそうです。ありがとうございました。これからも、どうぞごひいきに」

深《ふか》く頭《あたま》を下《さ》げて、入《はい》ってきたドアから飛《と》びだしていった。

私《わたし》は、あわてて追《お》いかけたんだ。

「ちょっと待《ま》って」

ドアの外《そと》は、らせん階段《かいだん》で、それが1階《かい》までつづいていた。

どうも裏口《うらぐち》につうじる階段《かいだん》みたいで、せまくて、手《て》すりにも、なんのかざりもなかった。

「私《わたし》、いそがしいの。ごめんね」

姫《ひめ》は、せっせと階段《かいだん》を降《お》りながら、こちらをふりあおいだ。

「父《ちち》が、私《わたし》の携帯《けいたい》に電話《でんわ》してきて、どうしてもここまで配達《はいたつ》してくれって言《い》うから、部活《ぶかつ》をぬけてきたんだ。いそいでもどらないと、部員《ぶいん》がこまるから」

私《わたし》は、みょうに感心《かんしん》した。

親《おや》のてつだいといい、部員思《ぶいんおも》いのところといい、なんか、とってもえらい姫《ひめ》だなぁと思《おも》って。

おなじ姫《ひめ》でも、マカロン姫《ひめ》とは、だいぶちがうよね。

姫《ひめ》の足《あし》をとめないように、私《わたし》は、自分《じぶん》も全力《ぜんりょく》で駆《か》けおりて、となりにならんでから、言《い》った。

「あれは、いっしょにいた子《こ》の注文《ちゅうもん》なんだ。でも、私《わたし》もきっと、お店《みせ》に買《か》いにいくからね。いちばん人気《にんき》のアップルパイ屋《や》さんだなんて、すごいもん」

姫《ひめ》は、階段《かいだん》を駆《か》けおりながら、ニッコリ笑《わら》った。

「ありがと。部活《ぶかつ》がないときには、私《わたし》もお店《みせ》をてつだってるから、声《こえ》をかけてね」

そう言《い》ってから、ちょっとこまったような顔《かお》になった。

「でもいま、部活《ぶかつ》に問題《もんだい》が多《おお》くて、なかなかお店《みせ》に出《で》られないんだ」

問題《もんだい》？

「選手《せんしゅ》と顧問《こもん》が、もめてるの」

そう言《い》いながら、1階《かい》まで降《お》りて、ドアに手《て》をかけながら私《わたし》を見《み》た。

「私《わたし》、サッカー部《ぶ》で、マネージャーをしてんの」

へぇ、そうなんだ。

「サッカーが好《す》きだから。あなたは？」

私《わたし》はうなずきながら、カイのことを思《おも》った。

サッカーは、私《わたし》の心《こころ》でカイと結《むす》びついている。

成宮《なるみや》の練習《れんしゅう》を見《み》る機会《きかい》があっても、グラウンドの中《なか》にかならず、カイのすがたを探《さが》してしまったりするもん。

もういないって、わかっていても、ね。

「どこの学校《がっこう》？」

私《わたし》が聞《き》くと、姫《ひめ》は、外《そと》に踏《ふ》みだしながら答《こた》えた。

「市立北中学《しりつきたちゅうがく》だよ」

たしか、駅《えき》のうらのほうにある学校《がっこう》だった。

「じゃあね。お店《みせ》で、また会《あ》お」

私《わたし》はうなずいて立《た》ちどまり、外《そと》に出《で》ていく姫《ひめ》を見《み》おくった。

ドアが閉《し》まりかけ、そのむこうで姫《ひめ》の声《こえ》がした。

「ごめんね。てつだわせちゃって」

自転車《じてんしゃ》のサイドスタンドを倒《たお》す音《おと》につづいて、男《おとこ》の子《こ》の声《こえ》がした。

「だいじょうぶだよ」

私《わたし》は、おもわず、目《め》を見《み》ひらいてしまった。

あの声《こえ》はっ！

「行《い》こうぜ」

あわててドアに手《て》をかけて、それを開《ひら》くと、道路《どうろ》のほうにむかってこぎだしていく、2台《だい》の自転車《じてんしゃ》の後部《こうぶ》が見《み》えた。

1台《だい》には、アップルパイ姫《ひめ》が乗《の》っている。

そしてもう1台《だい》に乗《の》っているのは、カイだった。

16 なんでもない、なんて

別《わか》れたときより、ひとまわり身長《しんちょう》が高《たか》くなっているけれど、カイにまちがいない。

私《わたし》は、ついつい足《あし》を踏《ふ》みだして、ドアの外《そと》に出《で》た。

「やだ、カイのイジワル。待《ま》ってよ」

「おせーんだよ」

そう言《い》いながらカイは、自転車《じてんしゃ》にまたがったまま、長《なが》い足《あし》をのばして道路《どうろ》につき、笑《わら》いながら、うしろをふり返《かえ》った。

「足《あし》、短《みじか》いんだから、ムリすんなって」

その視線《しせん》が、ふっとこちらに伸《の》びて、私《わたし》をとらえた。

私《わたし》は息《いき》をつめる。

カイは、笑《え》みを消《け》した。

真剣《しんけん》になったカイの顔《かお》を、夕方《ゆうがた》の光《ひかり》が、ななめに照《て》らしていた。

すごくきれいな顔《かお》。

何《なん》ケ月《かげつ》ぶりだろう……。

いままでよりずっと日《ひ》に焼《や》けて、とても精悍《せいかん》になっていた。

でも、サラサラした髪《かみ》は、おなじ。

透明《とうめい》な光《ひかり》をきらめかせる瞳《ひとみ》も、ちっとも変《か》わっていない。

ああ、ほんとにカイだ。

「どうしたの？」

姫《ひめ》が、こちらをふり返《かえ》る。

私《わたし》は、あわててドアのかげにかくれた。

あとでよく考《かんが》えたら、かくれることなんかなかったんだけど、なんとなく、とっさに。

「なんでもない」

カイの声《こえ》が聞《き》こえた。

「行《い》くぞ」

「やだ、またぁ。待《ま》ってってたら」
きしむようなタイヤの音《おと》がわずかに聞《き》こえ、やがてしずかになった。
私《わたし》は、そっとドアから顔《かお》を出《だ》してみた。
もう、だれもいなかった。
心臓《しんぞう》がドキドキしている。
ほおが火《ひ》をふきそうに熱《あつ》くて、両手《りょうて》で押《お》さえ、ドアによりかかった。
カイは、北中学《きたちゅうがく》にいたんだ。
市内《しない》じゃん。
しかも、すごく近《ちか》く。
いままで、ばったり出会《であ》わなかったことのほうが、ふしぎなくらいだった。
近《ちか》くにいるなら、連絡《れんらく》くらい、くれたっていいのに。
元気《げんき》で、いままでどおり、部活《ぶかつ》してるんじゃん。
なのになんで、音信不通《おんしんふつう》なのよっ！
私《わたし》は、だんだん腹《はら》がたってきた。

その上《うえ》、言《い》うにことかいて「なんでもない」って、なによ。

むかしの友《とも》だちに出会《であ》ったんだから、なんでもあるじゃん。

どうして近《ちか》よってきて、あいさつぐらいしないのよ。

アップルパイ姫《ひめ》と、なかよさそうにしちゃってさ。

えーい、カイのばかやろうっ！

もう、おまえのことなんか、わすれてやるっ!!

私《わたし》は、ぷんぷん怒《おこ》りながら、階段《かいだん》をのぼった。

もとの部屋《へや》にもどると、もうテーブルはきちんとセッティングされていて、銀《ぎん》の大《おお》ざらにアップルパイがおかれ、パイカッターと小《こ》ざら、ナイフ、フォークがそろえられ、チョコレートドリンクが注《つ》がれていた。

かべによりかかって立《た》っていたプランスが、ふきげんそうな顔《かお》で私《わたし》を見《み》る。

「何分《なんぷん》、待《ま》たせるつもりだ」

でもね、ふきげんのレベルだったら、ぜったい、私《わたし》のほうが上《うえ》だもん、がおっ！

「いま、下《した》で、ぐうぜん、カイに会《あ》ったんだ」

私《わたし》は、どかっと椅子《いす》にすわった。

「アップルパイ姫《ひめ》のおてつだいをしてたの。それで、私《わたし》と目があったんだよ。それなのに、なんでもないってスルーした」

言《い》いながら、くやしくてくやしくて、涙《なみだ》が出《だ》そうになった。

「友《とも》だちって、なんでもないってものなのっ!?　それとも私《わたし》は、もう友《とも》だちじゃないのっ!?」

プランスは、ため息《いき》をついた。

「それは、男《おとこ》のメンツってものだ、スズ」

へっ!?

17 カイの気持《きも》ち

私《わたし》がキョトンとしていると、プランスは、かべから体《からだ》をおこし、私《わたし》のそばまでやってきて、テーブルの上《うえ》におかれていた、薔薇《ばら》の花《はな》のかたちをしたナプキンをとりあげた。

それを空中《くうちゅう》でふって、ほどくと、私《わたし》の目《め》の前《まえ》に広《ひろ》げ、両《りょう》はしを首《くび》のうしろでしばってくれたんだ。

そして小《こ》ざらをどけて、アップルパイが、まるごとのった銀《ぎん》の大《おお》ざらを、私《わたし》の前《まえ》にドンとおいた。

「まず食《た》べろ、スズ」

は？

「いいから食《く》え」

あ、そう。

では、えんりょなく。

私《わたし》は、両手《りょうて》にナイフとフォークを持《も》って、アップルパイにかぶりつきっ！

んっ⁉

ん、ん、んーっ！

これ、超《ちょう》おいしいっ‼

「プランスも、すわって食《た》べなよ。すごいよ。やっぱ、いちばん人気《にんき》だけあるかも。このあいだ、車《くるま》の中《なか》でもらったプランスのパイもおいしかったけど、これもかなり最高《さいこう》だよ」

んーん、しあわせっ！

ナイフとフォークをにぎりしめ、私《わたし》は夢中《むちゅう》でパイをたいらげた。

ああ、とまらない。

自分《じぶん》にもわからないほど奥《おく》ぶかい胃袋《いぶくろ》って、こわいっ！

「ところで、男《おとこ》のメンツの話《はなし》をはじめても、いいか」

あ、わすれてた。

「それとも、もう必要《ひつよう》ないか。じゅうぶん、立《た》ちなおったみたいだからな」

そ、それは誤解《ごかい》よ、プランスさんっ！

「話《はな》してよ」

私《わたし》が言《い》うと、プランスは、ようやく椅子《いす》にすわった。

「カイは、転校《てんこう》する前《まえ》、成宮《なるみや》におまえのことをたのんでいっただろ」

うん。

「成宮《なるみや》も、その気《き》になって、きちんとおまえをフォローしている」

うん。

「だからいまさら、カイがおまえと接触《せっしょく》すると、成宮《なるみや》が自分《じぶん》の役割《やくわり》に疑問《ぎもん》を持《も》つじゃないか。なんのためだったんだって思《おも》うだろ。カイは、それをさけたいんだ。遠《とお》くにいる自分《じぶん》より、近《ちか》くにいる成宮《なるみや》のほうが、おまえにとってプラスになるって考《かんが》えているからさ。たのんだ以上《いじょう》、もう自分《じぶん》は、いっさいかかわらないって決《き》めてるんだ。それが男《おとこ》のメンツってものだ」

私《わたし》は、パイをほおばりながら言《い》った。

「でも、そのときだって、私《わたし》にはなんにも言《い》ってくれなかったんだよ。荷物《にもつ》をわたすみたいに、カイから成宮《なるみや》に、ホイってわたされた感《かん》じ。私《わたし》の意思《いし》は、無視《むし》だったんだもの」

話《はな》しているうちに、さっきの怒《いか》りがぶり返《かえ》してきて、私《わたし》はどんどん、ぶうたれた顔《かお》になった。

「そんなの、カイの自己満足《じこまんぞく》だよ。それに、あいさつぐらいしたって、いいじゃん」

プランスは、わずかに目《め》をほそめる。

「なにかひとつでも自分《じぶん》にゆるすと、とめどなくくずれていく。そんな感《かん》じなんだろ。いま、あいつ、幸《しあわ》せじゃないだろうから、よけいにだ」

え。

私《わたし》は、手《て》をとめた。

「それ、どういうこと？」

プランスは、目《め》をふせる。

「カイは、ほんとうは松葉学園《しょうようがくえん》にいたかったんだ。松葉《しょうよう》なら、サッカーの才能《さいのう》を伸《の》ばすために必要《ひつよう》な条件《じょうけん》が、ぜんぶそろっているからな。でも、入学前《にゅうがくまえ》に、カイの父親《ちちおや》が死《し》んだのは知《し》ってるだろ」

ん、聞《き》いた。

「それで収入《しゅうにゅう》が減《へ》って、カイの家《いえ》は、生活《せいかつ》が苦《くる》しくなっていたらしい」

そうなんだ。

「だが、サッカー特待生《とくたいせい》としてなら、学費《がくひ》が免除《めんじょ》だし、母親《ははおや》も好《す》きな道《みち》を進《すす》みなさいって言《い》ってくれたらしくて、松葉《しょうよう》に入学《にゅうがく》を決《き》めたんだ。ところが、実際《じっさい》に通学《つうがく》してみると、学《がく》費《ひ》は免除《めんじょ》でも、私学《しがく》だから、なにかと出費《しゅっぴ》が多《おお》いじゃないか。進級《しんきゅう》のたびに、カバンや制《せい》服《ふく》を作《つく》りかえなけりゃならないし、遠征費《えんせいひ》とか、サマースクールとか、海外留学《かいがいりゅうがく》のための積立金《つみたてきん》とか、いろいろあるだろ。それで母親《ははおや》が苦労《くろう》しているのを見《み》て、カイは、金《かね》のかからない市立中学《しりつちゅうがく》に転校《てんこう》する決心《けっしん》をしたんだ。中学《ちゅうがく》は義務教育《ぎむきょういく》だから、学区制《がっくせい》があって、住《じゅう》所《しょ》によって、かよう中学《ちゅうがく》が決《き》まっている。カイの家《いえ》だと、北中《きたちゅう》になるそうだ。北中《きたちゅう》にもサッカー部《ぶ》はあるらしいから、そこでやるって言《い》っていた」

私《わたし》は、シュンとしてしまった。

だって、はじめて知《し》った。

カイが、そんな状況《じょうきょう》にあったなんて……。

そういえばカイは、私《わたし》の家《いえ》の前《まえ》まで、何度《なんど》かきたことがあったっけ。

なにか、悩《なや》んでいるように見《み》えたこともあった。

きっと、そのことだったんだろうな。

私《わたし》ってば、ぜんぜん気《き》がつかなくって……ごめん！

「家庭内《かていない》の金《かね》の問題《もんだい》って、子《こ》どもには、どうすることもできないからな。だれかが貸《か》してやることはできるだろうけど、カイも親《おや》も受《う》けとらないだろう。自分《じぶん》にあたえられた、きびしい環境《かんきょう》の中《なか》で、カイは決断《けつだん》し、自分《じぶん》の道《みち》を選《えら》びとったんだ。えらいよ」

プランスは、めずらしく、素直《すなお》な言《い》いかたをした。

そして、他人《たにん》をほめるのも、これまた、すごくめずらしいことだった。

でも、あたりまえだよね。

カイの決断《けつだん》は、ほめられるだけの価値《かち》のあることだもの。

「だが北中《きたちゅう》は、松葉《しょうよう》ほどサッカーに力《ちから》を入《い》れていない。これまで大《おお》きな大会《たいかい》に出《で》たこともないし、監督《かんとく》もコーチもいないんだ。体育《たいいく》の教師《きょうし》が顧問《こもん》をやっているだけ。いくらカイに素質《そしつ》があっても、それをのばしてもらえなかったら進歩《しんぽ》しない。それに、ずっとサッカーをやっていきたいと思《おも》ったら、大《おお》きな大会《たいかい》に出《で》て、目《め》をとめられる必要《ひつよう》があるんだ。このあいだのワールドカップに出場《しゅつじょう》した選手《せんしゅ》たちだって、みんな、小学校《しょうがっこう》や中学《ちゅうがく》、高校時代《こうこうじだい》から注目《ちゅうもく》され、名前《なまえ》を知《し》られていた連中《れんちゅう》ばかりだ」

へえ。

「大会《たいかい》に出《で》るためには、チームが強《つよ》くなけりゃダメだ。チームを強《つよ》くするためには、学校《がっこう》側《がわ》の応援《おうえん》もいるし、優秀《ゆうしゅう》な監督《かんとく》やコーチも必要《ひつよう》、なによりサッカーに打《う》ちこむ選手《せんしゅ》11人《にん》がいなけりゃならない。だが先《さき》に言《い》ったように、北中《きたちゅう》はサッカーに力《ちから》を入《い》れていないし、そもそも真剣《しんけん》にサッカーをやりたいって生徒《せいと》なら、もっとべつの学校《がっこう》をえらぶ。つまり北中《きたちゅう》には、大会《たいかい》に出《で》るだけの条件《じょうけん》がそろっていないってことだ。カイが1人《ひとり》で、どれほどがんばっても、この状況《じょうきょう》を変《か》えるのは、むずかしいだろう」

カイの未来《みらい》が閉《と》ざされていくような気《き》がして、私《わたし》は気持《きも》ちがしずんだ。

せっかく、才能《さいのう》を持《も》って生《う》まれてきたのに……。

「カイには、それがわかっているはずだ。かなり、つらいだろう」

どうしてあげればいいの。

そういうとき、友《とも》だちには、なにができるの。

私《わたし》は、プランスを見《み》つめた。

「プランスは、カイになにをしてあげるつもり？」

プランスはちょっと笑《わら》った。

「なにもしない」

冷《つめ》たい……。

「ただ、準備《じゅんび》はしておく」

なんの準備《じゅんび》？

「カイが私《わたし》の助《たす》けをもとめてきたとき、それがどんなことであったとしても、かならず応《おう》じられるような準備《じゅんび》だ」

私《わたし》は、心《こころ》がきらめきたつような気《き》がした。

じゃ、カイは、救《すく》われるんだね。

プランスに助《たす》けをもとめさえすれば、確実《かくじつ》に。

「カイは、なにか言《い》ってくると思《おも》う？」

プランスは、首《くび》を横《よこ》にふった。

「わからないな」

クセのない黄金《おうごん》の髪《かみ》がサラッとゆれて、顔《かお》にキラキラとした光《ひかり》を落《お》とした。

「人《ひと》の力《ちから》を借《か》りて、天国《てんごく》に行《い》くくらいなら、自分《じぶん》だけの力《ちから》で、地獄《じごく》に落《お》ちたほうがマシだって考《かんが》えるヤツもいる。また、そう考《かんが》えていても、急《きゅう》に考《かんが》えが変《か》わることもある」

組《く》んだ両《りょう》うでを、そのままテーブルの上《うえ》において、プランスは身《み》を乗《の》りだすようにして私《わたし》を見《み》つめた。

「どうするかは、カイ自身《じしん》の選択《せんたく》だ。それをじっと待《ま》つ。どんなにイライラしても、どんなに苦《くる》しくなっても、それを待《ま》つ。本人《ほんにん》にえらばせること。自分《じぶん》の考《かんが》えを押《お》しつけないこと。友《とも》だちならそうするべきだと思《おも》っている」

そのとき、私《わたし》は感《かん》じたんだ。

プランスは、とても大人《おとな》なんだなぁって。

だって、私《わたし》にはできない、待《ま》つなんて。

なにかしなくちゃ、いられないもの。

でもそれは、自分《じぶん》はカイのために一生懸命《いっしょうけんめい》なんだって思《おも》いたいだけの、自己満足《じこまんぞく》なのかなぁ。

「どうした」

プランスは、目《め》もとに笑《え》みをにじませた。

「手《て》がとまってるぞ。食《た》べろよ」

私《わたし》は、アップルパイを切《き》って、フォークでさし、プランスに差《さ》しだした。

「おいしいよ。プランスも食《た》べてみれば」

プランスは立《た》ちあがり、テーブルの上《うえ》に身《み》を乗《の》りだして、私《わたし》のフォークに食《く》いついた。

「ふむ。まぁまぁかな」

こいつっ！

せっかくあげたのに、かわいくないっ!!

もう、やらないからね。

「なんだ、その猛《もう》スピードは」

ふん。

「よくかめよ、スズ」

よけいなお世話《せわ》っ！

「食《く》ったら、検査《けんさ》をはじめるからな」

あら、わすれてた。

「結果《けっか》は、できるだけいそいで出《だ》す」

治療《ちりょう》は、しないからね。

せっせと口《くち》を動《うご》かしながら、私《わたし》は、アップルパイ姫《ひめ》が言《い》っていたことを思《おも》いだした。

たしか、選手《せんしゅ》と顧問《こもん》がもめてるとか。

その選手《せんしゅ》の中《なか》に、カイも入《はい》っているんだろうか。

よし、聞《き》いてみよっと。

アップルパイ姫《ひめ》となかよくなれば、カイにも近《ちか》づける。

そうしたら、なにか力《ちから》になれるかもしれないもんね。

「なにをニヤニヤしているんだ」

べつにぃ〜。

18

異常行動《いじょうこうどう》の原因《げんいん》は？

血《ち》をとったり、エコーをかけたり、ＣＴスキャンやＭＲＩ、ＥＥＧ、いろんな検査《けんさ》をいっぱいやった。

寝《ね》ているあいだも、ＰＳＧ検査《けんさ》っていうのを受《う》けたんだよ。

私《わたし》が機械《きかい》にとりかこまれていたせいか、それともプランスが、ずっとそばについていたせいか、オリちゃんは出《で》てこられなかったらしくて、朝《あさ》おきても、ノートにはなにも書《か》れていなかった。

「おはよ、プランス」

ぐっすり眠《ねむ》った私《わたし》は、いつもと変《か》わらない気分《きぶん》だったけれど、一晩中《ひとばんじゅう》、私《わたし》のそばで検査《けんさ》をつづけていたプランスは、いささかつかれたようで、その顔色《かおいろ》はまっ白《しろ》だった。

「学校《がっこう》が終《お》わったら、また来《こ》い。追加検査《ついかけんさ》をする」

へいへい。

私《わたし》は病院《びょういん》から登校《とうこう》し、その放課後《ほうかご》もまた病院《びょういん》に行《い》ってプランスの検査《けんさ》を受《う》け、やっと家《いえ》に帰《かえ》ったんだ。

すぐさま「アップルパイ姫《ひめ》」に電話《でんわ》をすると、ちょうどお店《みせ》にいたらしくて、姫《ひめ》が出《で》た。

ラッキイ！

「土曜日《どようび》に、アップルパイ買《か》いに行《い》きたいんだけど、何時《なんじ》ごろなら、お店《みせ》にいる？」

姫《ひめ》は、すぐ答《こた》えてくれた。

「土曜日《どようび》は、学校《がっこう》も休《やす》みだし、部活《ぶかつ》も休《やす》みだから、ずっといるよ」

びっくり！

松葉学園《しょうようがくえん》は、土曜日《どようび》も登校日《とうこうび》だし、もちろんサッカー部《ぶ》なんか、日曜日《にちようび》だって猛練習《もうれんしゅう》をしている。

それだけ練習量《れんしゅうりょう》がちがったら、1年《ねん》たつころには、ずいぶんちがってしまうよね。

プランスの言《い》っていた、学校《がっこう》がスポーツに力《ちから》を入《い》れていないって、こういうことなんだ。

ああ、カイのことが心配《しんぱい》だぁ……。

ごじまんの、切《き》れのいいシュートがにぶったら、精神的《せいしんてき》ダメージが大《おお》きいぞ。

私《わたし》は、不幸《ふこう》の坂《さか》を駆《か》けおりていく、カイのすがたを思《おも》い描《えが》いた。

なんとか手《て》を貸《か》したい！

せっかく居場所《いばしょ》を見《み》つけたんだし、どういう状況《じょうきょう》なのかも、わかったんだもん。

「じゃ、学校《がっこう》の帰《かえ》りに、お店《みせ》によるからね」

姫《ひめ》に約束《やくそく》して、私《わたし》は、電話《でんわ》を切《き》った。

土曜日《どようび》に姫《ひめ》に会《あ》って、カイのようすをさぐるんだ。

そして、できるだけ力《ちから》になろう！

プランスは、男《おとこ》のメンツがあるから、カイは私《わたし》にかかわらないって言《い》ったけど、私《わたし》は男《おとこ》じゃないから、そんなもの、ないもんね。

だから、自由《じゆう》に動《うご》いたっていいんだもん、ふっふっふ。


その夜《よる》は、いつものように、つくえの上《うえ》にノートをおいて眠《ねむ》った。

すると朝《あさ》には、それがカバンの上《うえ》におかれていた。

開《ひら》いてみると、なんと、３ページぶんも書《か》いてあった。
オリちゃん、すごいっ！
私《わたし》は、それを確認《かくにん》してから、しっかりとノートを閉《と》じたの。
いつもここで、おもわず読《よ》んでしまうのが、遅刻《ちこく》の原因《げんいん》。
今日《きょう》は、バスに乗《の》るまでガマンするんだ。
それで、ちゃんと朝《あさ》のしたくと食事《しょくじ》を終《お》えた。
時計《とけい》を見《み》れば、まだ、よゆうっ！
わーいっ!!
私《わたし》って、おなじ失敗《しっぱい》を何度《なんど》もくり返《かえ》すような、進歩《しんぽ》のない人間《にんげん》じゃないもん。
いつまでも遅刻《ちこく》してると思《おも》うな、わっはっはっ！
「じゃ、行《い》ってきます」
そう言《い》って家《いえ》を出《で》ようとした、そのときっ！
けたたましく鳴《な》りわたる電話《でんわ》のコール音《おん》っ!!
「はい。ああ、ちょっとお待《ま》ちください」

そう言《い》って叔母《おば》さんが、あわててこちらをむいた。

「仁《じん》なんとかって人《ひと》からよ」

叔母《おば》さんは、いまだにプランスの名前《なまえ》を言《い》えない。

まぁ、長《なが》いからムリないけど。

「いま、家《いえ》を出《で》るとこなんだから、じゃましないでよ。あんただって、そうでしょ」

私《わたし》が言《い》うと、プランスはバカにしたように軽《かる》く笑《わら》った。

「家《いえ》ならもう出《で》ている。これは自動車電話《じどうしゃでんわ》だ」

私《わたし》は、固定電話《こていでんわ》で受《う》けてるのっ！

登校《とうこう》のじゃまをするなっ!!

「検査結果《けんさけっか》が出《で》たぞ。おまえの記憶障害《きおくしょうがい》と異常行動《いじょうこうどう》の原因《げんいん》は」

まぁ、なんでしょ？

ドキドキ、わくわく、ちょっぴり不安《ふあん》。

「不明《ふめい》だ」

へっ!?

1泊《ぱく》2日《か》も検査《けんさ》やって、追加検査《ついかけんさ》までやって、それが結論《けつろん》？

「あんたの病院《びょういん》って、たいしたことないわね」

私《わたし》が笑《わら》うと、プランスは真剣《しんけん》な声《こえ》になった。

「どの検査《けんさ》も、まったく正常《せいじょう》、もしくは正常値《せいじょうち》のはんいだ。時間空間旅行《じかんくうかんりょこう》の影響《えいきょう》も、見《み》うけられない。酔《よ》いどめの副作用《ふくさよう》でもない。つまり、おまえの記憶障害《きおくしょうがい》も異常行動《いじょうこうどう》も、科学《かがく》では説明《せつめい》できないということになる」

じゃ、やっぱり心霊現象《しんれいげんしょう》なんだ。

「こうなると、結論《けつろん》は」

心霊現象《しんれいげんしょう》でしょ？

「おまえの脳《のう》の質《しつ》が、もともと悪《わる》い、もしくは、人間《にんげん》とはちがっているとしか思《おも》えない」

なんでよっ！

「とにかく、あまりムリをするな。テスト勉強《べんきょう》なんかも、しないほうがいいぞ。劣化《れっか》しているのかもしれないから、いつ火《ひ》をふくか、いつ水《みず》がもれるか、まったく予想《よそう》がつかない」

げっ、そんななんだ、私《わたし》の脳《のう》って。

大事《だいじ》にしなくっちゃ。

「もっとくわしく調《しら》べて、学会《がっかい》に報告《ほうこく》したい」

そんなっ！

学会《がっかい》って、学者《がくしゃ》さんが集《あつ》まって、いろんな研究《けんきゅう》について話《はな》しあう会《かい》でしょ。

そんなとこで、私《わたし》の脳《のう》が注目《ちゅうもく》されるなんて……、テレるなぁ。

「今週《こんしゅう》の土曜日《どようび》に、もういちど入院《にゅういん》してくれ」

う〜ん、土曜日《どようび》は、「アップルパイ姫《ひめ》」に行《い》かなくちゃならないんだ。

「夕方《ゆうがた》からでいいから」

しかたないなぁ。

「わかったよ」

そのとき、叔母《おば》さんがそばにやってきて、そっと腕時計《うでどけい》を見《み》せた。

「スズちゃん、いいの？」

見《み》れば、しっかり、8時《じ》すぎっ！

ぎゃあっ、プランスのバカぁ!!

19 プランス、ついに小説《しょうせつ》を読《よ》む

今日《きょう》こそ、マジで遅刻《ちこく》だっ！

そう思《おも》って、覚悟《かくご》を決《き》めていたんだけど、家《いえ》を出《で》たら、そこにプランスの車《くるま》の運転手《うんてんしゅ》さんが立《た》っていた。

「仁《じん》さまが、お車《くるま》でお待《ま》ちです。どうぞ」

断《ことわ》ると、おくれる。

でも、断《ことわ》らないと、めだつ。

さぁ、どっちがいいか？

う〜ん、究極《きゅうきょく》の選択《せんたく》だぁ。

「おいそぎにならないと、いくら車《くるま》でも、おくれますが」

わっ、車《くるま》に乗《の》ったあげくにおくれたら、最悪《さいあく》っ！

私《わたし》はしかたなく、車《くるま》まで走《はし》り、ドアを開《あ》けてもらって飛《と》びこんだ。中《なか》ではプランスが、片手《かたて》に持《も》った書類《しょるい》に目《め》をとおしながら紅茶《こうちゃ》を飲《の》んでいて、甘《あま》い香《かお》りが広《ひろ》がっていた。

このにおいは、たしかマルコポーロっ！

前《まえ》に、プランスのジェット機《き》の中《なか》で飲《の》んだもん。

いいな、いいな、私《わたし》もほしいっ!!

「検査《けんさ》の結果《けっか》のリストだ」

そう言《い》ってプランスは、手《て》に持《も》っていた書類《しょるい》を私《わたし》に差《さ》しだした。

でも、どうせ、見《み》てもわかんないもんね。

私《わたし》は、首《くび》をふって断《ことわ》って、そのかわりにマルコポーロをたのみ、自分《じぶん》のノートを広《ひろ》げた。

オリちゃんの書《か》く話《はなし》は、毎日《まいにち》どんどん、おもしろくなっている。

ハラハラドキドキの大冒険《だいぼうけん》。

オリちゃんってば、やっぱりすごい！

そして、活躍《かつやく》しているのは、あいかわらずルイ・シャルルだった。

その名前《なまえ》を読《よ》むたびに、私《わたし》は、胸《むね》がジーンとしたり、しくしくしたりするのだった。

なんだろう、この感《かん》じ。

「小説《しょうせつ》というものは」

マルコポーロをいれながら、プランスが言《い》った。

「いったいどこが、どのようにおもしろいんだ」

聞《き》かれて、私《わたし》は、すごくこまった。

どこって、どのようにって、ねぇ……。

「読《よ》んでみれば、わかるよ」

ノートを出《だ》すと、プランスは、しかたなさそうに手《て》にとった。

いかにもおもしろくなさそうな顔《かお》で、ノートに視線《しせん》を落《お》とす。

その直後《ちょくご》、ふっと目《め》を見《み》ひらいた。

食《く》いいるように見《み》いりながら、ものすごいスピードでページをめくっていく。

急《きゅう》すぎる反応《はんのう》に、私《わたし》はびっくりした。

もしかして物語《ものがたり》のおもしろさに、いきなり目《め》ざめたとか？

昨日《きのう》のところまで読《よ》み終《お》わると、プランスは大《おお》きな息《いき》をついて、ノートを閉《と》じた。

「まったくおなじだ」

はぁ？

「おまえの記憶《きおく》は、脳内《のうない》に蓄積《ちくせき》されているらしい。ただ、そこにアクセスできる方法《ほうほう》がかぎられているということか。いや、時間《じかん》が限定《げんてい》されているのかもしれない。しかし、どうやって検査《けんさ》すれば出《で》てくるんだ。神経伝達物質《しんけいでんたつぶっしつ》の問題《もんだい》か、それともシナプスか。現実《げんじつ》をぜんぶ書《か》き終《お》わったときには、いったいどうなるんだ。おい、スズ」

はぁ。

「これを書《か》いていて、なにか変《か》わった自覚症状《じかくしょうじょう》があるか」

あるっていえば、あるんだよね。

「あのさ、その中《なか》に出《で》てくるルイ・シャルルって名前《なまえ》を聞《き》くと、私《わたし》、胸《むね》がふるえるの。キュンとするっていうか、すっごくヘンな気分《きぶん》になるんだ」

プランスは、すっと青《あお》ざめた。

「喪失《そうしつ》のショックによるＡＳＤ《急性ストレス障害》の追体験《フラッシュバック》の一種《いっしゅ》か。待《ま》てよ。もう２ヶ月《かげつ》が経過《けいか》しているからPTSD《心的外傷後ストレス障害》か。検査《けんさ》に引《ひ》っかからないはずだ。しかし、こんな頑丈《がんじょう》なヤツでも、ストレスが生《しょう》じるのか。奇跡《きせき》としか思《おも》えん。アメリカから脳画像撮影機《のうがぞうさつえいき》をとりよせるか。いや、それより脳《のう》へのダメージを回避《かいひ》し、機能低下《きのうていか》をふせがないと。記憶障害《きおくしょうがい》も、忘却行動《ぼうきゃくこうどう》として説明《せつめい》できなくはないが、やはり大事《だいじ》をとって再検査《さいけんさ》をしたほうがいいか」

なんだかブツブツ言《い》いはじめて、私《わたし》の存在《そんざい》をまったく無視《むし》っ！

途中《とちゅう》までいれかけていたお茶《ちゃ》も、放置《ほうち》っ!!

しかたがないので、私《わたし》は、自分《じぶん》でお茶《ちゃ》をいれ、勝手《かって》に飲《の》みながら、プランスの手《て》から奪《うば》いかえしたノートを開《ひら》いた。

やっぱり女公爵《おんなこうしゃく》が言《い》っていたように、オリちゃんはオリちゃんの物語《ものがたり》、私《わたし》は私《わたし》の物語《ものがたり》を書《か》くしかないいんだ、きっと。

私《わたし》は、ノートを裏《うら》がえし、うしろのページに、こう書《か》きとめた。

名前未定《なまえみてい》、美少年《びしょうねん》（美少女《びしょうじょ》？）、性格《せいかく》はプランス。

名前未定《なまえみてい》、男《おとこ》っぽい先輩《せんぱい》、性格《せいかく》は女公爵《おんなこうしゃく》。

名前未定《なまえみてい》、めだちたがりの友《とも》だち、性格《せいかく》はミャーコ。

名前未定《なまえみてい》、しつこい担当者《たんとうしゃ》、性格《せいかく》は金田《かねだ》さん。

そんなふうに書《か》いていくと、ほんとうに物語《ものがたり》の扉《とびら》が開《ひら》いていくような気《き》がした。

カイも出《だ》そうっと。

名前未定《なまえみてい》、カッコいいサッカー部員《ぶいん》、性格《せいかく》はカイ。

で、主人公《しゅじんこう》は、私《わたし》だから、中学生《ちゅうがくせい》。

だけど、担当者《たんとうしゃ》が出《で》てくるってことは、ふつうの中学生《ちゅうがくせい》じゃないよね。

作家《さっか》の卵《たまご》かな。

それで当然《とうぜん》、事件《じけん》がおこるんだよね。

あ、そうだ！

プランスと出会《であ》ったときの事件《じけん》は、どうかな。

「シュークリーム王子《おうじ》の秘密《ひみつ》」のことだよ。

あのときは、現実《げんじつ》だったから必死《ひっし》になってたけど、物語《ものがたり》にするんだったら、落《お》ちついて書《か》けるもんね。

よし、あれでいこう！

「仁《じん》さま、到着《とうちゃく》いたしました」

車《くるま》がとまって、運転手《うんてんしゅ》さんがドアを開《あ》けてくれるまで、プランスは、自分《じぶん》の考《かんが》えごとに没頭《ぼっとう》していた。

まるで呼吸《こきゅう》まで、わすれたかのようっ！

完全《かんぜん》なフリーズ状態《じょうたい》っ!!

あまりにもみごとに固《かた》まっていたので、私《わたし》は、それを登場人物《とうじょうじんぶつ》の欄《らん》に、こっそりつけくわえた。

こいつは、ときどきフリーズする、ってね。

ああ、キャラクターが厚《あつ》みをましていく。

うれしいなっと。

20 おしゃれなアップルパイ

土曜日《どようび》、学校《がっこう》が終《お》わると、私《わたし》は「アップルパイ姫《ひめ》」にむかった。

駅《えき》の東側《ひがしがわ》にある、ビルの中《なか》だった。

東側《ひがしがわ》は、私《わたし》の住《す》んでいる西側《にしがわ》とちがって、けっこう繁華街《はんかがい》。

銀行《ぎんこう》とか、ドラッグストア、不動産屋《ふどうさんや》さん、レストランがならんでいる。

歩《ある》いている人《ひと》の数《かず》も、交通量《こうつうりょう》も、だんぜん多《おお》いんだ。

地図《ちず》によれば、お店《みせ》は、歩道橋《ほどうきょう》のそばのビルで、とてもわかりやすかった。

1階《かい》にファッション系《けい》のお店《みせ》とお花屋《はなや》さん、ピザ屋《や》さんがあって、そのとなり。

私《わたし》が想像《そうぞう》していたのより広《ひろ》く、売《う》るだけじゃなくて、イートインのスペースもあった。

カウンターのむこうには、赤《あか》いチェックのエプロンをかけた売《う》り子《こ》さんが3、4人《にん》いる。

そしてケースの中《なか》には、いろいろな種類《しゅるい》のアップルパイがならんでいた。

まるでファッション・ドーナツみたいに。

まぁ、おいしそっ！

「わぁ、ほんとに来《き》てくれたんだ」

売《う》り子《こ》さんの中《なか》にいた姫《ひめ》が、すぐに私《わたし》を見《み》つけて、ニッコリ笑《わら》った。

「うれしいな」

笑顔《えがお》が、とてもかわいい。

「ちょっと待《ま》ってね」

そう言《い》ってから、うしろをむき、奥《おく》につうじるドアを開《あ》けた。

「パパ、お友《とも》だちがきてくれたの。私《わたし》、ぬけてもいい？　パイとシナモン・ティ、ごちそうしてね」

低《ひく》い声《こえ》が聞《き》こえた。

「オッケ」

姫《ひめ》は、カウンターをまわって出《で》てきて、私《わたし》を喫茶室《きっさしつ》のほうに連《つ》れていってくれた。

透明《とうめい》なドアでしきられたそこには、白《しろ》いテーブルと椅子《いす》がならんでいて、数組《すうくみ》のお客《きゃく》さんが、パイを食《た》べながら、楽《たの》しそうに話《はな》している。

雑誌《ざっし》にのっている写真《しゃしん》みたいに、おしゃれだった。

「どうぞ、すわって」

はしのほうの席《せき》をえらんで、私《わたし》をすわらせると、姫《ひめ》は、エプロンをはずしてクルクルと巻《ま》き、私《わたし》の前《まえ》にすわった。

「いま、パイがくるから。お茶《ちゃ》もね」

そうして、あらためてむかい合《あ》うと、私《わたし》は、なんだか緊張《きんちょう》してしまった。

ちょっとテレたりも、したし。

それで言葉《ことば》を見《み》つけられずにいると、姫《ひめ》が先《さき》に言《い》ったんだ。

「じつはね、あなたに聞《き》きたいことがあったの」

なんだろ。

「松葉総合病院《しょうようそうごうびょういん》に、パイを届《とど》けにいった帰《かえ》りのことだけど」

ドキッ！

「あなた、私《わたし》が男子《だんし》といっしょに帰《かえ》るとこ、のぞき見《み》してたでしょ？」

ドキンッ!!

言《い》い当《あ》てられて、私《わたし》は、アタフタしてしまった。

このあとは、いったいどういう展開《てんかい》になるんだろう。

怒《おこ》られるのかな。

じゃ、先《さき》にあやまっとこうか。

でもなぁ、とくべつ悪《わる》いことしてないよね、私《わたし》。

それなのに、あやまるのも、おかしいしさ、どうしよう。

「あ、怒《おこ》ってるわけじゃないんだ。ごめん」

エプロンをかけた売《う》り子《こ》さんが、アップルパイとシナモン・ティの載《の》ったトレーを運《はこ》んできて、私《わたし》たちの前《まえ》においた。

ああ、このゆたかな香《かお》り。

どんな緊張《きんちょう》からも、解《と》きはなたれそう……。

「どうぞ、食《た》べて」

私《わたし》は、むんずとケーキフォークをつかみあげた。

ぐさりとアップルパイを刺《さ》し、そのまま口《くち》に。

「聞《き》きたいっていうのは、あの男《おとこ》の子《こ》の印象《いんしょう》なの。あの子《こ》のこと、どう思《おも》った？」

うっ、言《い》えんっ！

「こんな話《はなし》、おなじ学校《がっこう》の人《ひと》にはできないのよ。すぐウワサになっちゃうから。ちがう学《がっ》校《こう》の子《こ》で、あの子《こ》を見《み》たことのあるあなたが、ちょうどいいの」

そう言《い》って、姫《ひめ》は、目《め》をふせて微笑《ほほえ》んだ。

「あの子《こ》、冬馬《とうま》っていうんだけどね、彼《かれ》が転校《てんこう》してきたとき、私《わたし》、ひと目《め》ボレしたんだ」

げほっ！

「で、サッカー部《ぶ》に入《はい》ったって聞《き》いて、追《お》いかけて、私《わたし》も入《はい》ったのよ。前《まえ》からサッカー好《す》きだったしね。冬馬《とうま》の世話《せわ》をしたいと思《おも》ってさ。いっしょに部活《ぶかつ》していると、冬馬《とうま》のやさしいとことか、頭《あたま》いいとことか、すごくよくわかって、ますます好《す》き」

げぇっ！

「でも、イマイチ、本人《ほんにん》の気持《きも》ちがわかんないんだ。このあいだ、冬馬《とうま》にね、彼女《かのじょ》、いる？　って聞《き》いたら、いないって言《い》うから、それから、けっこうアタックかけはじめたんだけど」

げっほ、げっほ、げげぇ！

21 初恋《はつこい》にかけて

「だいじょうぶ？　むせた？」

というか、ショックで、胃《い》がうらがえった感《かん》じ、ぐらっと。

「お茶《ちゃ》飲《の》んで」

ん、ありがと。

「ねえ、冬馬《とうま》を見《み》て、どう思《おも》った？　あいつ、私《わたし》のこと少《すこ》しは好《す》きかなぁ？」

わからんっ！

「けっこうやさしくしてくれるから、そのときは、あっ！　って思《おも》うんだけどさ。どうも、つかめなくって。でも2人《ふたり》きりになったときなんか、すごくいい感《かん》じなんだよ」

姫《ひめ》は、とてもうれしそうに話《はな》す。

「このあいだ、私《わたし》の自転車《じてんしゃ》のゴムが盗《と》られて、空気《くうき》がぬけちゃったんだけど、冬馬《とうま》の自転《じてん》車《しゃ》のうしろに乗《の》せてくれたし」

私《わたし》、乗《の》ったことない。

「顧問《こもん》のバースディプレゼントを買《か》いにいくのに、つきあってくれたし」

いっしょに買《か》い物《もの》に行《い》ったこともない。

「それに、私《わたし》が体育用具室《たいいくようぐしつ》でボールをみがいていると、かならずありがとうって言《い》って、てつだってくれるんだよ。そんなときは、用具室《ようぐしつ》の中《なか》で30分《ぷん》くらいも2人《ふたり》きりなんだ」

それも、ない。

……なんか、負《ま》けてる気《き》がする。

勝《か》ち負《ま》けの問題《もんだい》じゃないとは思《おも》うけど……。

「私《わたし》がきらいだったら、そんなことしないと思《おも》うんだよね。だから、思《おも》いきって告白《こくはく》しようかなって思《おも》ったりもするんだけど。ねえ、どう思《おも》う？」

わからんっ！

そんなこと、聞《き》かないでよっ!!

「でもときどき、冬馬《とうま》のこと、すごく遠《とお》くに感《かん》じるんだ。思《おも》いつめた目《め》をしてるときがあるしさ。1人《ひとり》で練習《れんしゅう》してるすがたなんか見《み》ていると、べつの世界《せかい》の人間《にんげん》みたいに思《おも》えるんだもん」

私《わたし》は、ふっとプランスの話《はなし》を思《おも》いだした。

カイがいま、とてもつらい気持《きも》ちでいるんだってこと。

それで私《わたし》は、なんとか役《やく》にたちたいと思《おも》って、ここにきたんだってことも。

「前《まえ》に、部活《ぶかつ》で、選手《せんしゅ》と顧問《こもん》がもめてるって言《い》ってたでしょ。それ、その子《こ》のこと？」

私《わたし》が聞《き》くと、姫《ひめ》はうなずいた。

「うちの部活《ぶかつ》の顧問《こもん》は、大学時代《だいがくじだい》に、サッカーでかなりいいところまでいったって人《ひと》なんだ。で、コーチとしての自分《じぶん》に自信《じしん》を持《も》ってるの」

ふうん。

「その顧問《こもん》がしつこく言《い》うのは、チームプレーが一番《いちばん》だいじってこと。かんたんに言《い》うと、1人《ひとり》で長《なが》くボールを持《も》つなってことなんだ。まわせ、まわせって、しょっちゅう言《い》ってる。でも冬馬《とうま》は、ストライカー・タイプでしょ」

タイプじゃなくて、そうなんだ。

エースだったんだよ。

将来《しょうらい》を期待《きたい》されてたんだから。

「だから自分《じぶん》で、ゴールまで持《も》っていきたがるの。それで、顧問《こもん》のきげんが悪《わる》くなるんだ。冬馬《とうま》はいつも、言《い》うことを聞《き》かないって」

そっか。

「私《わたし》は、冬馬《とうま》のほうが正《ただ》しいと思《おも》うんだ。だってうちには、力《ちから》のある選手《せんしゅ》って、あまりいないんだもの。このあいだの練習試合《れんしゅうじあい》だって、顧問《こもん》があんまり言《い》うから、冬馬《とうま》は、自分《じぶん》でシュートできるところだったのに、パスを出《だ》したんだ。そしたら結局《けっきょく》、ボールを奪《うば》われたもん」

あらら。

「それに、味方《みかた》がボールを持《も》つと、冬馬《とうま》はすぐゴール前《まえ》まで走《はし》って、シュートができる体勢《たいせい》で待《ま》ってるんだけど、うちの選手《せんしゅ》は、そこまでボールを届《とど》けることができずに、すぐにつぶされちゃうんだもの」

あやや。

「だったら冬馬《とうま》としては、自分《じぶん》で持《も》ってあがってシュートするか、ちょっと遠《とお》くても、弾《だん》丸《がん》シュートで決《き》めてしまいたいって気《き》になるよね。だって、冬馬《とうま》は高速《こうそく》ドリブルができるし、シュートも正確《せいかく》なんだもの。でも顧問《こもん》は、どうしても冬馬《とうま》に、自分《じぶん》の思《おも》いどおりのサッカーをさせようとすんのよ」

カイ、かわいそ……。

「冬馬《とうま》を部室《ぶしつ》によんで、長《なが》くどなっていることもあるし」

ひえっ、感情的《かんじょうてき》なんだ。

「だから私《わたし》、なんとかしたいって思《おも》ってるんだ。このままじゃ冬馬《とうま》の力《ちから》が生《い》きないし、もしかして、イヤになって部活《ぶかつ》をやめちゃうかもしれないもの」

そう言《い》いながら姫《ひめ》は、ひざの上《うえ》においたエプロンを広《ひろ》げ、ポケットから小《ちい》さなメモ帳《ちょう》を出《だ》した。

「私《わたし》ね、いま、顧問《こもん》を説得《せっとく》するための数字《すうじ》を、集《あつ》めているの」

説得《せっとく》する数字《すうじ》？

「冬馬《とうま》のシュートの成功確率《せいこうかくりつ》とか、ドリブルの速《はや》さ、フェイントの成功率《せいこうりつ》、位置《いち》どりの判《はん》断《だん》の正確《せいかく》さなんかを、試合《しあい》や練習《れんしゅう》のときにはかって書《か》きとめてるんだ」

姫《ひめ》が見《み》せてくれたそのメモ帳《ちょう》には、数字《すうじ》がビッシリ。

それだけ調《しら》べるのは、ほんとうにたいへんだろうと思《おも》えた。

「メンタルのことも記録《きろく》してるんだよ。今日《きょう》は、どんな練習《れんしゅう》をして、そのときに冬馬《とうま》はこんなふうだった、練習試合《れんしゅうじあい》のあと、どうだったとか。思《おも》いだして書《か》くこともあるから、いつもメモを手《て》ばなさないようにしてるんだ」

いつもカイに注目《ちゅうもく》して、いつもカイのことを考《かんが》えていなけりゃ、できない。

姫《ひめ》は、カイのために、自分《じぶん》の時間《じかん》をたくさん使《つか》ってるんだ。

「これを顧問《こもん》に持《も》っていって、冬馬《とうま》は、顧問《こもん》が考《かんが》えている以上《いじょう》の力《ちから》の持《も》ち主《ぬし》だってことを納得《なっとく》させるの。メンタル的《てき》には、期待《きたい》されればされるほど、力《ちから》が出《で》るんだってこともね。そして冬馬《とうま》の個人《こじん》プレーをゆるしてもらうんだ。それが、私《わたし》にしてあげられる、ただひとつのことだもん」

赤《あか》いチェックのエプロンをした売《う》り子《こ》さんがこちらに歩《あゆ》みよってきて、姫《ひめ》に声《こえ》をかける。

姫《ひめ》はうなずいて、立《た》ちあがった。

「ごめんね。冬馬《とうま》がグラウンドにくる時間《じかん》なの。部活《ぶかつ》が休《やす》みでも、あいつ、練習《れんしゅう》に出《で》てくるから。私《わたし》も行《い》って、記録《きろく》とらなきゃ。パイはたくさんあるから、ゆっくり食《た》べていってね。パパが、お代《だい》はいらないって言《い》ってたから」

私《わたし》も立《た》ちあがった。

「ありがと。ごちそうさま」

いま、カイを助《たす》けられるのは、姫《ひめ》だけなんだな。

そう思《おも》った。

どんなに助《たす》けたくても、ちがう学校《がっこう》にいる私《わたし》にはできない。

すごくざんねんで、くやしかった。

でも、どうしようもない。

そうわかったそのときに、カイがなぜ、成宮《なるみや》に私《わたし》のことをたのんでいったのかも、よくわかった気《き》がした。

そばにいる人間《にんげん》にしか、できない。

そういうことってあるんだ。

カイには、それがわかっていたんだね。

私《わたし》は、姫《ひめ》に言《い》った。

「がんばってね。応援《おうえん》しているから」

姫《ひめ》は、強《つよ》くうなずいた。

「初恋《はつこい》にかけて、がんばるよ！」

べつに、そこにかけなくてもいい……。

22　さよならを言《い》う勇気《ゆうき》

出《だ》されたアップルパイをぜんぶ食《た》べて、シナモン・ティを飲《の》んでから、私《わたし》は、「アップルパイ姫《ひめ》」を出《で》た。

それで、北中《きたちゅう》のグラウンドまで行《い》ってみたの。

カイが練習《れんしゅう》にきているのなら、こっそり見《み》たいなって思《おも》って。

姫《ひめ》の気持《きも》ちが、ただの友情《ゆうじょう》だったら、私《わたし》もいっしょにまじって応援《おうえん》するけれど、恋《こい》だもんねぇ。

まじれない……。

まじったら、おじゃま虫《むし》になるし、姫《ひめ》もきっと拒否《きょひ》するだろうし、もしかして怒《おこ》るよ。

ここは、カイのために、がんばる気持《きも》ちマンマンの姫《ひめ》にまかせるのが、きっといちばんいいことなんだ。

松葉《しょうよう》はマンモス学園《がくえん》だから、グラウンドもたくさんあって、よく迷《まよ》うんだけど、北中《きたちゅう》のグラウンドは、たったひとつだけだった。

そこを野球部《やきゅうぶ》が使《つか》っていた。

フェンスにそってグラウンドのまわりを歩《ある》いていくと、やがてサッカーのゴールが見《み》えた。

黄色《きいろ》の手袋《てぶくろ》をしただれかが、緑色《みどりいろ》のネットを張《は》っている。

カイかもしれない。

急《きゅう》に心臓《しんぞう》がドキドキしてきて、私《わたし》は、銀杏《いちょう》の木《き》のみきにかくれた。

それで、そおっと片目《かため》だけを出《だ》して、見《み》たの。

カイじゃなかった。

今日《きょう》、部活《ぶかつ》は休《やす》みだって、姫《ひめ》は言《い》っていたけれど、部員《ぶいん》なのかなぁ。

私《わたし》は、銀杏《いちょう》の並木《なみき》ぞいに、少《すこ》しずつ近《ちか》づいて、ついには、その人《ひと》の顔《かお》が見《み》られるところまでいった。

それは、背《せ》の高《たか》い男子《だんし》で、どう見《み》ても3年生《ねんせい》だった。

でも、3年生《ねんせい》っていったら、いまの時期《じき》は、もう部活《ぶかつ》から引退《いんたい》しているはず。たいていの人《ひと》は、夏休《なつやす》みが終《お》わると、出《で》てこなくなる。高校受験《こうこうじゅけん》の準備《じゅんび》に入《はい》るから、塾《じゅく》とかに行《い》かなくちゃならないんだもの。松葉《しょうよう》みたいな、中高一貫《ちゅうこういっかん》の私立《しりつ》でもそうなのに、この中学《ちゅうがく》は公立《こうりつ》だから、ほとんどみんなが受験組《じゅけんぐみ》のはず。

それなのに、こんなところで、なんでゴールなんか作《つく》ってんだろ。

私《わたし》は、理由《りゆう》を聞《き》きたくて、ウズウズした。

それで、銀杏《いちょう》の木《き》のかげから、踏《ふ》みだしかけたんだ。

そのときっ！

「村上先輩《むらかみせんぱい》」

ななめ前方《ぜんぽう》から声《こえ》がした。

見《み》れば、スパイクをはいたカイが、ボールを転《ころ》がしながら、こっちに駆《か》けてくるところだった。

わっ、見《み》つかるっ！

私《わたし》は、あわてて銀杏《いちょう》の木《き》に飛《と》びついて、そのうしろにかけこんだんだ、ハアハアゼイゼイ。

「今日《きょう》は、部活休《ぶかつやす》みですよ」

カイが言《い》うと、村上《むらかみ》さんは、ネットを引《ひ》っぱって、張《は》りぐあいをたしかめながら答《こた》えた。

「そのセリフ、そのまま、おまえに返《かえ》してやるよ」

カイは、こまったように髪《かみ》をかきあげた。

「僕《ぼく》は、自主練習《じしゅれんしゅう》です」

村上《むらかみ》さんは、にやっと笑《わら》った。

「オレも、だよ」

そう言《い》いながら、手袋《てぶくろ》をした手《て》で、カイの肩《かた》を抱《だ》く。

「じゃ、気《き》のあったところで、いっちょはじめようか。おまえのシュートが、オレにとめられれば、の話《はなし》だけどな」

その顔《かお》は、とても明《あか》るく、やさしかった。

カイは、じっと村上《むらかみ》さんの顔《かお》を見《み》つめながら、つぶやいた。

「もしかして、僕《ぼく》の練習《れんしゅう》の相手《あいて》をしてくれるために？」

村上《むらかみ》さんは、横《よこ》をむいた。

「おまえ、ガキだね。まともに言《い》うなよ。テレるじゃないか」

カイのために、グラウンドに出《で》てきてくれたんだ。

自分《じぶん》のことがいそがしいはずなのに、カイのために時間《じかん》をさいてくれたんだ。

私《わたし》は、目《め》がウルウルしてしまった。

ああ、カイは、いい先輩《せんぱい》を持《も》っているんだなって思《おも》って。

「はじめておまえのシュートを見《み》たとき、感動《かんどう》したよ。どんな人間《にんげん》だって、サッカーを好《す》きなヤツなら、ぜったい、心《こころ》がゆさぶられる。そういうシュートだった。速《はや》いだけじゃない。あざやかで、美《うつく》しかったんだ」

村上《むらかみ》さんは、うつむいて、かたほうの手袋《てぶくろ》の指《ゆび》のあいだに、もうかたほうの指《ゆび》を入《い》れ、しきりに押《お》しつけていた。

カイのほうを見《み》もしないで、話《はな》す。

「おまえには、力《ちから》がある。どうしてこんな、サッカーなんかゴミみたいにあつかわれている中学《ちゅうがく》にきたのかわからないが、顧問《こもん》の言《い》うことは気《き》にしなくていいよ。顧問《こもん》が言《い》っていることも、ぜんぜんナイわけじゃないけど、いま、うちの現状《げんじょう》にはあってない。おまえのほうが正《ただ》しいから。怒《おこ》られても、くさるなよ。つらいだろうが、ぜったいにサッカーを投《な》げだすな」

村上《むらかみ》さんは、とてもいい人《ひと》だった。

他人《たにん》のために、行動《こうどう》できるって、すごいことだ。

でも、それ以上《いじょう》にすごいのは、カイかもしれない。

だって、村上《むらかみ》さんの心《こころ》を動《うご》かしたんだもの。

「オレは、心《こころ》からおまえを応援《おうえん》する」

そこまで言《い》って、村上《むらかみ》さんは、ようやく顔《かお》をあげてカイを見《み》た。

「さぁ、やろうか」

カイは、大《おお》きくうなずいた。

「はい、おねがいしますっ！」

かかえていたボールを地面《じめん》におろすと、つま先《さき》でヒョイッとけりあげて、モモの上《うえ》に乗《の》せる。

「なにから、やりますか」

村上《むらかみ》さんは、ちょっと笑《わら》った。

「せっかくネットを張《は》ったんだ。やっぱ、FK《フリーキック》からだろ」

村上《むらかみ》さんは、ネットを背《せ》にして身《み》がまえ、カイはうしろに下《さ》がっていく。

「ゴールの左上《ひだりうえ》に入《い》れます」

「おまえ、予告《よこく》するなよ。オレをバカにしてるのか」

「とれないと悪《わる》いと思《おも》って」

「おお、言《い》いやがったな。とってやるぞ」

「でも無回転《むかいてん》シュートですよ」

かまえていた村上《むらかみ》さんは、一気《いっき》に背筋《せすじ》をのばした。

「おまえ、ブレ球《だま》、打《う》てるのかよ」

カイは、得意《とくい》そうに笑《わら》った。

「打《う》てます。特訓《とっくん》しました」

「おおしっ！」

村上《むらかみ》さんは、武者《むしゃ》ぶるいして、ふたたびかまえなおす。

「こいっ！」

カイは、ねらいを定《さだ》めると、少《すこ》しうしろに下《さ》がって2、3歩《ぽ》助走《じょそう》をつけ、足《あし》を大《おお》きく引《ひ》

いて、内側《うちがわ》のくるぶしあたりで、ボールをけった。

そのようすは、ふつうのキックとおなじようにしか見《み》えなかった。

村上《むらかみ》さんは、ボールのコースを読《よ》み、ゴールの左上《ひだりうえ》めがけて、両手《りょうて》をのばしながら飛《と》びあがる。

ボールは、まっすぐに村上《むらかみ》さんの手《て》にむかって飛《と》んでいった。

ああ、とられるっ！

と思《おも》いきや、飛《と》びついた村上《むらかみ》さんの両手《りょうて》をかるがるとくぐりぬけて、ゴールネットをゆすったのっ！

すごっ、信《しん》じられないっ!!

そう思《おも》ったのは、私《わたし》じゃなかった。

村上《むらかみ》さんは、ほとんどボーゼンとして、自分《じぶん》の両手《りょうて》を見《み》つめ、立《た》ちつくしていた。

「ブレて、すりぬけた……」

カイが、クスッと笑《わら》う。

「だから、無回転《むかいてん》だって言《い》ったんです」

村上《むらかみ》さんはかけだし、カイに飛《と》びついて、かたうでを首《くび》にまわした。

「あれだけの速度《そくど》があって、あれだけブレたら、だれにもとれないに決《き》まっている。すげえぞ」

カイは、うれしそうに笑《わら》った。

「でもほんとうは、まだ未完成《みかんせい》なんです。安定《あんてい》しなくって。いまは、たまたまうまくいっただけで」

「おお、生意気《なまいき》なこと言《い》いやがって、こいつ、こいつ」

村上《むらかみ》さんがカイの首《くび》をしめあげていると、昇降口《しょうこうぐち》のほうで悲鳴《ひめい》があがった。

「ちょっと、男2人《おとこふたり》で、なにくっついてるんですかっ！」

大声《おおごえ》をあげながら、トレーナーに着《き》がえたアップルパイ姫《ひめ》が走《はし》ってくる。

「お、マネージャーの登場《とうじょう》だ」

そう言《い》って、村上《むらかみ》さんは、カイをはなした。

「オレは、おまえのシュートにほれてるけどさ、あいつは、おまえにほれてるよな」

カイは、こまったように目《め》をふせた。

村上《むらかみ》さんは、ひじでカイをつつく。

「つきあえばいいじゃん。うちの部《ぶ》は、そういうのオッケイだぜ」

カイは、ふっと目《め》をあげて、遠《とお》くを見《み》た。

「ここのサッカー部《ぶ》で、どこかの大会《たいかい》に出《で》たいです。優勝《ゆうしょう》したい。いまは、そのことだけしか、考《かんが》えられません」

村上《むらかみ》さんは、むふっと笑《わら》った。

「だったら、よけいにいいじゃないか。2人《ふたり》でサッカーに燃《も》えればいいんだしさ」

姫《ひめ》が走《はし》りこんできて、大《おお》きな息《いき》をついた。

「もう、村上先輩《むらかみせんぱい》、練習《れんしゅう》するんなら、ちゃんと届《とど》けを出《だ》してくださいよね。冬馬《とうま》くんのしか出《で》てませんよ」

村上《むらかみ》さんは、そっぽをむいた。

「オレがいたら、おじゃまってこと、かなぁ……」

カイと姫《ひめ》は顔《かお》を見《み》あわせ、どちらからともなくポッと赤《あか》くなった。

「そんなことないです」

そう言《い》った声《こえ》も、同時《どうじ》だった。

「お、ハモってるぞ」

村上《むらかみ》さんがからかうと、またも2人同時《ふたりどうじ》に言《い》った。

「そんなことないですってば」

村上《むらかみ》さんは笑《わら》いだし、カイはこまったように横《よこ》をむいた。

姫《ひめ》は、うれしそうにしている。

私《わたし》は、ちょっと胸《むね》が痛《いた》かった。

カイも、姫《ひめ》のこと、好《す》きなのかなぁ。

いまは、そうじゃなくても、そのうちにそうなるかもしれないね。

だって、姫《ひめ》は、あんなに一生懸命《いっしょうけんめい》なんだもの。

サッカーに打《う》ちこんでいるカイと、それをサポートしようとしている姫《ひめ》は、とてもお似《に》あいかもしれない。

私《わたし》なんて、いまのカイのために、なにもできないもん。

あ、ひとつできることがあるかな。

姫《ひめ》が、カイをサポートするのを、じゃましないこと。

カイとは小学校《しょうがっこう》からずっといっしょで、楽《たの》しかったこともたくさんあるけれど、それを、
これからもつづかせたいって考《かんが》えて、カイにしがみつかないこと。

それが、もうすぎてしまったものなんだって、認《みと》めること。

勇気《ゆうき》を持《も》って、それに、さよならを言《い》うこと。

そしてカイを、思《おも》い出《で》という箱《はこ》の中《なか》に、しまってしまうこと。

「おい」

うしろから急《きゅう》に、おし殺《ころ》した声《こえ》をかけられて、私《わたし》は、ビクッとした。

ふりむくと、そこに、成宮《なるみや》が立《た》っていたのよ。

切《き》れ長《なが》の目《め》が、ギンギンにつりあがっている。

うわぁ、ものすごく怒《おこ》ってる！

23
はじめての訪問《ほうもん》

もしかして、私《わたし》がここまで、カイを追《お》いかけてきたとでも思《おも》ったのかな。

男《おとこ》のメンツをつぶされたとか？

まぁ結果的《けっかてき》に、そうかもしれないけど、でも、ちがうんだよ。

「行《い》こう」

成宮《なるみや》は、こそっと言《い》って、先《さき》に歩《ある》きはじめた。

そのうしろにつづきながら、私《わたし》は、カイをふり返《かえ》る。

カイはちょうどドリブル練習《れんしゅう》にかかったところで、村上《むらかみ》さんをフェイントでかわしていた。

2人《ふたり》の足《あし》が、まるで、けずりあいをするみたいに、めまぐるしく動《うご》いている。

さよなら、カイ。

いままで、ありがと。

がんばってね。

心《こころ》の中《なか》でそう言《い》ってから、私《わたし》は成宮《なるみや》にむきなおり、その背中《せなか》を見《み》ながら歩《ある》いた。

通学路《つうがくろ》から大通《おおどお》りに出《で》るあたりまできて、成宮《なるみや》はようやく口《くち》を開《ひら》く。

「おまえ、なんで、あそこにいたんだよ」

口調《くちょう》は、まだふゆかいそうだった。

「カイのことが心配《しんぱい》だったから、見《み》にいってみたのよ」

私《わたし》がそう言《い》うと、成宮《なるみや》は、憤然《ふんぜん》とした顔《かお》のままで、うなずいた。

「オレもだ」

え、それだけ？

男《おとこ》のメンツの問題《もんだい》じゃないの？

「でも、まぁ、安心《あんしん》したよ。カイが元気《げんき》でさ」

と言《い》いながら、ブスッとした口調《くちょう》は、変《か》わらない。

はて。

「なに、怒《おこ》ってんの」

思《おも》いきって聞《き》くと、成宮《なるみや》は、ぶうっとふくれた。

「すげぇ、むかつく」

だから、なんで？

「カイのヤツ」

へっ⁉

原因《げんいん》は、カイなの？

私《わたし》は、立《た》ちどまった。

「あんたってば、カイのことが心配《しんぱい》だったんじゃないの」

成宮《なるみや》はいらだったようすで、片手《かたて》でくしゃくしゃと髪《かみ》をかきあげた。

「あいつ、いったいいつのまに、無回転《むかいてん》シュートをものにしたんだ。オレは、まだだぞ。

くっそ、先越《さきこ》された」

ああ、そういう問題《もんだい》ね。

「おもしろくない」

両手《りょうて》をズボンのポケットにつっこみ、あたりをけ散《ち》らすようにして歩《ある》いていく成宮《なるみや》は、なんだかおかしかった。

けっこう、かわいいかも。

私《わたし》は、笑《わら》いながらついていった。

大通《おおどお》りを歩《ある》いて、ガードをくぐると、人通《ひとどお》りは、それまでより少《すく》なくなる。

そのあたりから南側《みなみがわ》いったいは、閑静《かんせい》で、この市《し》の中《なか》でも、高級住宅地《こうきゅうじゅうたくち》とよばれるところだった。

そのはじをかすめて通《とお》っている道路《どうろ》を、ずっと西《にし》のほうに歩《ある》いていくと、私《わたし》の家《いえ》があるんだ。

「あんたも、がんばればいいだけじゃん」

成宮《なるみや》は、ふいに立《た》ちどまる。

「おまえ、今日《きょう》これから、どうすんの？」

そういえば、プランスのとこに行《い》く約束《やくそく》だった。

「夕方《ゆうがた》からは、プランスの病院《びょういん》。検査《けんさ》すんの」

私《わたし》がため息《いき》をつくと、成宮《なるみや》は、いくぶん、気《き》のどくそうな表情《ひょうじょう》になった。

「時間空間旅行《じかんくうかんりょこう》の弊害《へいがい》か。まぁ、宇宙旅行《うちゅうりょこう》より、たいへんそうだからな」

私《わたし》は、うなずいた。

「でも、ほとんど覚《おぼ》えてないんだよ」

成宮《なるみや》は、くっと笑《わら》う。

「べつにめずらしくないじゃん。おまえって、ふつうでもそうだろ」

なにおっ！

ムッとした私《わたし》の目《め》の前《まえ》で、成宮《なるみや》はパチンと指《ゆび》をならした。

「オレも、プランスのとこに行《い》こ。無回転《むかいてん》シュートの物理的説明《ぶつりてきせつめい》をしてもらうんだ。原理《げんり》がわかれば、成功《せいこう》に近《ちか》づくかもしんないからな」

もう、無回転《むかいてん》シュートのことしか、頭《あたま》にないらしい。

よっぽどくやしいんだよね、クスクス。

「じゃ、夕方《ゆうがた》までは、時間《じかん》があるんだろ」

まぁね。

「オレんちによってけよ」

そう言《い》いながら成宮《なるみや》は、こぶしににぎった、片手《かたて》の親《おや》ゆびを立《た》て、道路《どうろ》にめんした大《おお》きな門《もん》をさした。

「ここだから」

私《わたし》は、その門《もん》を見《み》あげて、目《め》がまんまるっ！

ごっ、豪邸《ごうてい》っ!!

24
木《き》の上《うえ》のお坊《ぼっ》ちゃま

こいつって、金持《かねも》ちのボンボンだったのか。

どおりで、ときどき、みょうに態度《たいど》がでかいと思《おも》った。

しかし、プランスも富豪《ふごう》だし、女公爵《おんなこうしゃく》も、そう。

成宮《なるみや》んとこも、かぁ。

もっとも松葉学園《しょうようがくえん》は、そういう家《いえ》の子《こ》が集《あつ》まるとこだからな。

あたりまえなのかも。

そう考《かんが》えながら、私《わたし》は、ひっそりと北中《きたちゅう》に転校《てんこう》していったカイのことを思《おも》って、なんとなく哀《かな》しかった。

貧富《ひんぷ》の差《さ》って、子《こ》どもにゃ、きついことだよね。

「帰《かえ》ったから」

成宮《なるみや》がインターフォンを鳴《な》らしてそう言《い》うと、電動式《でんどうしき》の門扉《もんぴ》が開《ひら》いた。

そのむこうは、高《たか》くうねった並木《なみき》にかこまれた、ほそい小道《こみち》だった。

「これ、なんていう木《き》?」

並木《なみき》をさして、私《わたし》が聞《き》くと、成宮《なるみや》はめんどうそうに答《こた》えた。

「百《ひゃく》の日《ひ》の紅《べに》っていう名《な》まえの木《き》」

100の、日《ひ》の、紅《べに》って、なんだろ。

「わかんないだろ」

うん。

「正解《せいかい》は、サルスベリ」

へぇ!

「夏《なつ》に、たくさん花《はな》が咲《さ》く」

ゆっくりと歩《ある》きながら成宮《なるみや》は、両手《りょうて》をズボンのポケットにつっこんだまま、並木《なみき》をあおいだ。

「小《ちい》さなときは、ここが遊《あそ》び場《ば》だったんだ。一日中《いちにちじゅう》、木《き》の上《うえ》にいた。木《き》から木《き》に飛《と》びうつれば、どこへでも移動《いどう》できるし、地上《ちじょう》に降《お》りてこなければ、イヤな話《はなし》やケンカも耳《みみ》に入《はい》らずにすむし」

私《わたし》は、おどろいて成宮《なるみや》を見《み》た。

だって、それって、家《いえ》の中《なか》にいられなかったってことでしょ。

それほど、イヤな話《はなし》やケンカが多《おお》かったんだ、家庭《かてい》の中《なか》で。

意外《いがい》だった。

成宮《なるみや》は、すっごく幸《しあわ》せに育《そだ》ったのにちがいないって、ずっと思《おも》っていたから。

だって、だれにでも好《す》かれる性格《せいかく》なんだもの。

それは、愛情《あいじょう》をいっぱい注《そそ》がれて育《そだ》ったからだろうって、私《わたし》は想像《そうぞう》していたんだ。

でも、ちがってたんだね。

木《き》の上《うえ》で1日《にち》すごすなんて、よっぽど家《いえ》がイヤだったんだ。

苦労《くろう》したんだね。

裕福《ゆうふく》な家《いえ》に生《う》まれたって、家族《かぞく》がなかよくなかったら、ちっとも幸《しあわ》せじゃないもん。

そう考《かんが》えたら、自分《じぶん》は、とても幸《しあわ》せな家庭《かてい》に生《う》まれたんだなって思《おも》えた。

すごく、なかよかったもん、私《わたし》たち。

問題《もんだい》は、それが長《なが》くつづかなかったってことなんだけどね。

「私《わたし》の家族《かぞく》が、みんな死《し》んだってこと、知《し》ってる？」

そう聞《き》くと、成宮《なるみや》は、私《わたし》に目《め》をむけた。

「カイから聞《き》いてる」

そのあざやかな目《め》で、まっすぐに私《わたし》を見《み》つめる。

「ぜったいに、スズにさびしい思《おも》いをさせるなって言《い》われている。そのつもりでいるから、安心《あんしん》しててていいよ」

宣言《せんげん》でもするかのように、きっぱりとした言《い》いかただった。

「カイとした約束《やくそく》だ。ちゃんと守《まも》る」

その目《め》がまぶしくて、私《わたし》はうつむいた。

そして心《こころ》で、カイに、ありがとうって言《い》ったんだ。

私《わたし》も、あんたのために、自分《じぶん》にできるだけのことをしようと思《おも》ってるからね。

「だから、スズ、オレとつきあおうぜ」

うーん、それとこれは、話《はなし》がべつ。

「私《わたし》、真矢先輩《まやせんぱい》や井深《いぶか》さんと、つきあう約束《やくそく》してるんだ。そんなにいっぱい約束《やくそく》できないし」

成宮《なるみや》は、目《め》をむいた。

「マジで？　それ、２人《ふたり》とも冗談《じょうだん》のつもりだよ、きっと」

冗談《じょうだん》じゃないっ！

「私《わたし》、真矢先輩《まやせんぱい》にあこがれてるし。井深《いぶか》さんは、おまけだけど」

成宮《なるみや》は、うめくような声《こえ》を出《だ》した。

「真矢《まや》さんは、すごい無回転《むかいてん》シュートを打《う》つ。弾丸《だんがん》シュートだ」

へっ!?

「よし、オレも完成《かんせい》させる。そしたら、もういちど、おまえに申《もう》しこむからな」

はぁっ!?

「そのときは、受《う》けろよ」

たたきつけるように言《い》うと、成宮《なるみや》は猛然《もうぜん》と歩《ある》きだした。

「ぜったいやってやる」

私《わたし》は、しかたなく、そのあとにつづいた。

成宮《なるみや》って、もしかして無回転《むかいてん》シュートを打《う》てるか、打《う》てないかで、人間《にんげん》の価値《かち》を判断《はんだん》してるの？

打《う》てない自分《じぶん》は、打《う》てる人間《にんげん》にかなわないとでも思《おも》っているんだろうか。

まさかとは思《おも》うけど、でもサッカーバカだから、思《おも》いかねないかも。

私《わたし》は、ためしに言《い》ってみた。

「そうね。つきあおうなんて、無回転《むかいてん》シュートが打《う》てるようになってから言《い》いなさいよね」

成宮《なるみや》は、足《あし》をピタリととめた。

私《わたし》は、おおいそぎで成宮《なるみや》の前《まえ》に走《はし》りよって、その顔《かお》を見《み》たんだ。

成宮《なるみや》の顔《かお》は、屈辱《くつじょく》のあまり真《ま》っ赤《か》、そのほおはプルプルとふるえていた。

あ、やっぱり思《おも》ってたんだ！

「くっそ、見《み》てろよ」

そう言《い》うなり、いままでの倍《ばい》もの速度《そくど》で歩《ある》きだすっ！

私《わたし》は、いそいで追《お》いかけた。

曲《ま》がりくねった細道《ほそみち》をドンドン歩《ある》いていくと、やがて家《いえ》が見《み》えた。

大《おお》きな洋館《ようかん》だった。

「まぁ、ぼっちゃま、お帰《かえ》りなさいませ」

玄関《げんかん》に出《で》てきたのは、年配《ねんぱい》のおてつだいさんだった。

その人《ひと》が、スリッパを出《だ》してくれたんだけど、成宮《なるみや》のスリッパって、白《しろ》くて、フワフワで、……ウサギさんの耳《みみ》がついていた、わっはっは。

「あら、お友《とも》だちですか。まぁ、女《おんな》の子《こ》」

成宮《なるみや》は、口《くち》もきかず、むすっとしたままで、ウサギさんのスリッパをつっかけ、奥《おく》に入《はい》っていく。

私《わたし》も、出《だ》されたスリッパをはいて、いそいであとを追《お》った。

長《なが》い廊下《ろうか》を通《とお》りぬけると、そこに居間《いま》があり、ピアノやソファがおいてあった。

成宮《なるみや》は、ソファめがけてカバンをほうり投《な》げ、さらに奥《おく》にむかって歩《ある》きながら、しゅっと音《おと》をたてて、ネクタイをほどいた。

それを廊下《ろうか》に捨《す》て、さらに歩《ある》きながら上着《うわぎ》をぬぎ、ワイシャツのボタンに手《て》をかける。

それをぬぎすて、上半身《じょうはんしん》、はだかになりながら、こんどはズボンのベルトに手《て》をかけた。

ガチャッと、バックルをはずす音《おと》がする。

げっ、下《した》もぬぐのかっ!?

私《わたし》があせっていると、ほんとに制服《せいふく》のズボンをぬぎ、ほうり投《な》げ、それから、パンツもぬいだっ！

私《わたし》は、アゼンとして、はだかの成宮《なるみや》のうしろすがたを見《み》ていた。

そのまま成宮《なるみや》は、つきあたりにある、すりガラスをはめこんだドアの中《なか》に入《はい》っていく。

やがて、中《なか》からシャワーの音《おと》が。

あそこ、バスルームなんだ。

私《わたし》は、ほっと息《いき》をついた。

突然《とつぜん》、ぬぎだしたんで、どっかおかしくなったのかと思《おも》ったんだよぉ。

お風呂《ふろ》入《はい》るなら、入《はい》るって言《い》えよ。

しかも、つれてきた私《わたし》になんの相談《そうだん》もなく、いきなりシャワーはないだろう。

と思《おも》ってみても、シャワーの音《おと》はつづくばかり。

しかたなく私《わたし》は、ぬぎ散《ち》らされた成宮《なるみや》の制服《せいふく》をひろって歩《ある》いて、たたんだ。

これじゃまるで、おてつだいさんだよね、しくしくしく。

やがて、シャワーの音《おと》がやむ。

出《で》てくるのかな。

そう思《おも》って待《ま》っていたんだけど、10分《ぷん》たっても、20分《ぷん》たっても、まるですがたを見《み》せないんだ。

長《なが》すぎるっ！

私《わたし》は、そっとバスルームをノックしてみた。

ところが返事《へんじ》がない。

え……どうしたんだろ。

「成宮《なるみや》、いるの？　いないの？　開《あ》けるよ」

そっとドアを開《あ》けてみると、モウモウと湯気《ゆげ》の立《た》ちこめるシャワールームは、なんと無《む》人《じん》っ！

わっ、成宮《なるみや》が消《き》えたっ！

アタフタしながらよく見《み》れば、シャワールームのむこう側《がわ》のかべは、透明《とうめい》なガラス張《ば》りで、そこから庭《にわ》が見《み》えていた。

その庭《にわ》は、きれいに芝《しば》を植《う》えこんだ、サッカーコートになっていたんだ。真《ま》ん中《なか》あたりに、ネットを張《は》ったゴールがおいてあって、ユニフォームに着《き》がえた成宮《なるみや》が、シュートを打《う》っているところだった。

私《わたし》は、そっとシャワールームを横《よこ》ぎり、ガラスのかべについているドアを開《あ》けて、庭《にわ》に出《で》た。

「ばかやろう、やってやる」

ゴールを見《み》つめる成宮《なるみや》の、リンとした横顔《よこがお》がよく見《み》えた。

それが、あんまりにもステキだったものだから、私《わたし》をおいてきぼりにしたことは、まぁゆるそうかなって思《おも》ったんだ。

夢中《むちゅう》になると、入《はい》りこむタイプだって、プランスも言《い》ってたしね。

「ぜったい、打《う》ってやる。見《み》てろよ」

ん、かげながら、応援《おうえん》するよ。

がんばってね！

25 成宮《なるみや》って、天然《てんねん》？

結局《けっきょく》、成宮《なるみや》は、夕方《ゆうがた》ちょい前《まえ》まで、練習《れんしゅう》をしていた。

で、こんどは、さっきと逆《ぎゃく》のコースで、つまり庭《にわ》から引《ひ》きあげてきて、バスルームに入《はい》って、そして居間《いま》にもどってきたんだ。

私《わたし》は、しばらく成宮《なるみや》の練習《れんしゅう》を見《み》ていたけれど、そのうちあきてしまって、先《さき》に居間《いま》で待《ま》っていた。

そりゃあきるよ、おなじことのくり返《かえ》しなんだもの。

本人《ほんにん》にとっては、けるたびにちがう感《かん》じがするのかもしれないけど、はたから見《み》てたら、ビミョウなちがいなんて、てんでわからん。

どれも、いっしょっ！

「待《ま》たせたな。じゃ、プランスのとこに行《い》こう」

っていうことは、私《わたし》、この家《いえ》、スルーするだけっ!?

お茶《ちゃ》の1杯《ぱい》も、なしっ？

「あんたさぁ、なんで私《わたし》をつれてきたのよ」

成宮《なるみや》は、ちょっと考《かんが》えてから首《くび》をかしげた。

「なんだったかな。なんか目的《もくてき》が、あったような気《き》がするけど、わすれた」

ふん、あんたも、けっこう天然《てんねん》だよね。

「車《くるま》で行《い》くんなら、運転手《うんてんしゅ》、よぶけど」

私《わたし》はムッとしながら答《こた》えた。

「バスでいい」

くっそ、家《いえ》にあがって、成宮《なるみや》の服《ふく》を片《かた》づけただけで、お菓子《かし》はおろか、お茶《ちゃ》も飲《の》めずに、また出《で》ていかなけりゃならないなんて、最低《さいてい》っ！

「じゃ、行《い》こ」

成宮《なるみや》に言《い》われて、私《わたし》は歩《ある》きだしながら、ヤツをにらんだ。

「あんたんち、二度《にど》と来《こ》ないから」

でも成宮《なるみや》は、なんとなくぼんやりとしたようすで、なにも言《い》わなかった。

片手《かたて》にサッカーボールを持《も》っていて、家《いえ》の外《そと》に出《で》ると、地面《じめん》に落《お》とし、けったり、リフティングしたりしながら歩《ある》く。

それは、成宮《なるみや》がカイからもらったボールだった。

私《わたし》は、「桜《さくら》マシュマロと守護神《しゅごしん》」の中《なか》でおこった、いろいろなことを思《おも》いだして、ちょっとシュンとしてしまった。

あれが、カイといっしょにすごした学校生活《がっこうせいかつ》の最後《さいご》になったんだなぁって考《かんが》えて。

「バス来《き》たぞ」

私《わたし》をふり返《かえ》って成宮《なるみや》がそう言《い》い、先《さき》に乗《の》りこんでいった。

そのあとにつづいて、私《わたし》が乗《の》って、精算機《せいさんき》にお金《かね》を入《い》れる。

すると、運転席《うんてんせき》で運転手《うんてんしゅ》さんが言《い》った。

「お客《きゃく》さん、足《た》りないよ」

え、今朝《けさ》まで、これでよかったのに。

バスの値段《ねだん》って、そんなにすばやく、あがるものっ!?

私《わたし》がアタフタしていると、運転手《うんてんしゅ》さんはハンドルに体《からだ》をもたせかけるようにしてふり返《かえ》り、バスの奥《おく》のほうをさした。

「あの子《こ》のぶん」

その指《ゆび》がさしていたのは、まぎれもなく成宮《なるみや》。

つり革《かわ》につかまって、床《ゆか》においたボールを、足《あし》で押《お》さえてる。

「お金《かね》、持《も》ってないから、うしろの子《こ》からもらってくれって」

おのれっ！

私《わたし》は、頭《あたま》から火《ひ》をふきそうなほど怒《いか》りながら、しかたなく成宮《なるみや》のぶんもはらい、つかつかとそばによった。

あんたんちで、お茶《ちゃ》1杯《ぱい》飲《の》んでない私《わたし》が、なんだって、あんたのバス代《だい》はらわにゃならんのよっ！

「バスに乗《の》るのに、バス代《だい》を持《も》つのは、常識《じょうしき》なんだけど」

成宮《なるみや》は、まじまじと私《わたし》を見《み》て、ぽそっと答《こた》えた。

「そうだよね」

あまりにもあっさり言《い》われて、私《わたし》は、あぜんっ！

どーしたの、成宮《なるみや》っ⁉

おまえ、なんかおかしいぞっ！

私《わたし》は、片手《かたて》を成宮《なるみや》の前《まえ》に出《だ》してみた。

「指《ゆび》、何本《なんぼん》に見《み》える？」

成宮《なるみや》は、まじめな顔《かお》になった。

「5本《ほん》だけど」

おかしいっ！

こんなヘンな質問《しつもん》に、まともに答《こた》えること自体《じたい》が、もうありえないっ‼

こいつ、だいじょうぶ？

私《わたし》は、成宮《なるみや》の頭《あたま》を、コツコツとこづいてみた。

「あんたのここ、いま、なに考《かんが》えてるの」

すると成宮《なるみや》は、ようやくぼんやり状態《じょうたい》から、回復《かいふく》っ！

とてもくやしそうな顔《かお》つきになった。

「無回転《むかいてん》シュートが、どうしてもできない」

あ、それがショックで、落《お》ちこんでるのか。

なぁんだ。

私《わたし》の目《め》には、無回転《むかいてん》なのか、回転《かいてん》してるのか、ぜんぜん、区別《くべつ》がつかなかったけど、あれだけ意気《いき》ごんで練習《れんしゅう》してたのに、結局《けっきょく》、完成《かんせい》しなかったんだね。

「カイにはできるものが、オレにはどうしてもできない」

わかった、わかった。

私《わたし》は、成宮《なるみや》の頭《あたま》をナデナデしてあげた。

「よしよし、プランスに相談《そうだん》してみよーね」

26

物理的《ぶつりてき》に、どうなの？

プランスの家《いえ》は、とても大《おお》きくて、部屋《へや》もいっぱいある。
その中《なか》の客間《きゃくま》にとおされて、私《わたし》と成宮《なるみや》はソファにすわった。
「どうぞ、お召《め》しあがりくださいませ」
おてつだいさんが出《だ》してくれたのは、チョコレートドリンク。
ココアより、ちょっとだけチョコレートっぽくって、おいしい。
そして、お菓子《かし》は、カラメル・ムー。
板状《いたじょう》だけど、やわらかいキャラメルなの。
これ、作《つく》るのは、けっこうかんたんなんだよ。
さとうと水《みず》あめと生《なま》クリームを、煮《に》つめて固《かた》めればいいだけ。
私《わたし》は、チョコレート味《あじ》のを作《つく》ることが多《おお》いけど、目《め》の前《まえ》にあるカラメル・ムーは、バニラやはちみつ、紅茶《こうちゃ》の味《あじ》がした。

そぼくなお菓子《かし》だよね。

ああ、心《こころ》がほっとする。

と思《おも》っていたのは、私《わたし》だけだったようで、成宮《なるみや》は、ちっとも落《お》ちつかないようすで、立《た》ちあがって居間《いま》の中《なか》を歩《ある》きまわっていた。

「すわんなさいよ」

私《わたし》が言《い》っても、てんでムシ、テンデン虫《むし》っ！

ふん、いいわよ。

あんたのぶん、食《た》べたり飲《の》んだりしちゃうからね。

私《わたし》がこっそり成宮《なるみや》のぶんに手《て》をのばしかけたとき、ドアが開《ひら》いて、プランスがすがたを見《み》せた。

瞬間《しゅんかん》、成宮《なるみや》が駆《か》けよって、言《い》ったんだ。

「プランス、無回転《むかいてん》シュートを、物理的《ぶつりてき》に説明《せつめい》してよ。オレ、マジ、キレそうだから」

もう、かなりキレてると思《おも》う。

「手《て》っとりばやく、たのむ」

プランスは、そういう無作法《ぶさほう》を、とてもきらう。

で、そんなヤツには、徹底的《てっていてき》にイジワルをする。

でも成宮《なるみや》のことは、かわいがってるから、ぜんぜん気《き》にならないふうだった。

ほんと、トクな性格《せいかく》だよね、こいつ。

「無回転《むかいてん》シュートは、物理学《ぶつりがく》の中《なか》でも、流体力学《りゅうたいりきがく》の分野《ぶんや》だ」

話《はなし》がますますわからなくなっていきそうなので、私《わたし》は、あわてて言《い》った。

「その前《まえ》に、まず教《おし》えて。無回転《むかいてん》シュートって、なに？」

成宮《なるみや》が、食《く》いつきそうな顔《かお》で私《わたし》をにらんだけど、しょうがないじゃん。

いままで、だれも説明《せつめい》してくれなくて、ぜんぜんわかんなかったんだもの。

このさい、はっきりさせておかなくっちゃ。

「ではスズ、まず聞《き》くが」

プランスは、私《わたし》の前《まえ》まで歩《あゆ》みよってきて、両手《りょうて》を組《く》み、そのまま前《まえ》かがみになって、私《わたし》の顔《かお》をのぞきこんだ。

「そもそも、おまえは、シュートというものを知《し》っているのか」

えっと、シュートって、あの、ボールをけることでしょ。

「知《し》らないらしいな。シュートというのは、得点《とくてん》をするために、ゴールネット内《ない》にむかって足《あし》でボールをけったり、頭《あたま》でヒットさせたりすることだ」

あら、半分《はんぶん》はあたってるじゃん。

私《わたし》、けっこう、いいカンしてるかも、うふっ。

「足《あし》でのシュートに限定《げんてい》して言《い》えば、ふつうのシュートの場合《ばあい》、ボールは回転《かいてん》している」

プランスは、成宮《なるみや》の持《も》っていたボールをとりあげ、片手《かたて》でささえて、まわして見《み》せた。

「毎秒《まいびょう》4回《かい》から10回《かい》くらいの回転速度《かいてんそくど》だ。ボールをけるとき、足首《あしくび》が自然《しぜん》に動《うご》いて、それで回転《かいてん》がかかる」

はて、なんで足首《あしくび》？

だって、つま先《さき》と関係《かんけい》ないじゃん。

「もしかして、おまえ、シュートはつま先《さき》でけるものだと思《おも》っていないか」

思《おも》ってるけど……。

「サッカーボールというものは、基本的《きほんてき》に、足《あし》の甲《こう》であつかうものだ。シュートをけるのは、足《あし》の甲《こう》の内側《うちがわ》なんだ」

わっ、そうなのぉ！

ぜんぜん、知《し》らなかった。

それなら、足首《あしくび》も関係《かんけい》するよね。

私《わたし》が深《ふか》くうなずいていると、成宮《なるみや》がどなった。

「プランス、こいつ、外《そと》に捨《す》ててくれ。話《はなし》が進《すす》まないじゃん」

ふん、無回転《むかいてん》シュートもできないくせに。

おとなしくしてろ。

「ちょっと待《ま》っていろ、成宮《なるみや》」

そうだ、そうだ。

「機会《きかい》があるたびに、こいつには人間《にんげん》なみの知識《ちしき》をあたえておいてやりたい。それは、まわりにいる人間《にんげん》の義務《ぎむ》だ」

なんか……たいそうな言《い》いかただよね、くっそ！

「おいスズ、横《よこ》をむいていないで、よく聞《き》いていろ」

なによ、えらそうに、ふん。

「無回転《むかいてん》シュートは、足首《あしくび》に近《ちか》い部分《ぶぶん》でける。このために足首《あしくび》が動《うご》かず、回転《かいてん》がかかりにくくなるんだ。それでも、毎秒《まいびょう》0・8回転《かいてん》くらいはする。完全《かんぜん》な無回転《むかいてん》じゃない」

あら、よくわかった気《き》がする。

つまり無回転《むかいてん》シュートって、ボールがあまり回転《かいてん》せずに飛《と》ぶシュートなんだね。

「無回転《むかいてん》シュートの軌道《きどう》は、途中《とちゅう》までは、ふつうのシュートとほぼおなじだ。ところが、ゴールに近《ちか》くなったとたんに、急激《きゅうげき》に変化《へんか》する。不規則《ふきそく》にゆれたり、ガクンと落《お》ちたりするんだ。これが、ブレ球《だま》とよばれる理由《りゆう》だ。ワールドカップに出《で》た、本田選手《ほんだせんしゅ》の打《う》つ無回《むかい》転《てん》シュートは、ボール3個《こ》ぶん、横《よこ》に動《うご》いて見《み》えると言《い》われている。これが時速《じそく》110キロの速《はや》さで飛《と》んでくると、とてもキャッチできない」

すごいかも。

「無回転《むかいてん》シュートがゆれる原理《げんり》は、空気抵抗《くうきていこう》によるものだ。空中《くうちゅう》を無回転《むかいてん》に近《ちか》い状態《じょうたい》で飛《と》ぶことで、空気抵抗《くうきていこう》の変化《へんか》が生《しょう》じ、その振動《しんどう》がボールに伝《つた》わって、不規則《ふきそく》なゆれかたや軌《き》道《どう》を描《えが》くと考《かんが》えられている」

ふうん。

「抵抗係数《ていこうけいすう》の少《すく》ないボールほど、無回転《むかいてん》になりやすいという結果《けっか》も出《で》ている」

ふてくされていた成宮《なるみや》が、ふと真剣《しんけん》な顔《かお》になった。

「なんで？」

プランスは、片手《かたて》で持《も》っていたボールに、もう一方《いっぽう》の手《て》を乗《の》せた。

「抵抗係数《ていこうけいすう》が少《すく》ないほうが、空気《くうき》の振動《しんどう》が大《おお》きくなるからだ」

う～む、わからんっ！

「抵抗係数《ていこうけいすう》が少《すく》ないということは、完全《かんぜん》な球体《きゅうたい》に、より近《ちか》いということだからな」

成宮《なるみや》は、パチンと指《ゆび》をならした。

「つまりパネル数《すう》が少《すく》ないほうが、無回転《むかいてん》シュートを打《う》ちやすいってことか。ジャブラニは、８枚《まい》だもんなぁ」

う～む、ドンドンわからなくなるっ！

私《わたし》が、？顔《はてながお》をしていると、プランスは、しかたなさそうにボールの表面《ひょうめん》をさした。

「ボールをおおっている5角形《かくけい》と6角形《かくけい》のこの革《かわ》を、パネルという。このボールでは、32枚《まい》ある。14枚《まい》のもあるが」

へぇ。

「今年《ことし》のワールドカップに公式採用《こうしきさいよう》されたボールは、ジャブラニといって、このパネルが8枚《まい》なんだ」

つまり、ツギハギの数《かず》が少《すく》ないぶん、なめらかで、球体《きゅうたい》に近《ちか》いってことだよね。

「かつ、縫《ぬ》いあわせるのではなく、熱《ねつ》でとかして、接着《せっちゃく》してある」

じゃ、縫《ぬ》いめがなくて、最高《さいこう》に球体《きゅうたい》に近《ちか》いじゃん。

「だから今年《ことし》は、無回転《むかいてん》シュートが多《おお》くなるんじゃないかと予想《よそう》されていたんだ。実際《じっさい》は、そうでもなかったが」

言《い》われていることと、実際《じっさい》がちがうって、よくあるよ、うん。

「ミズノが去年売《きょねんう》りだしたスパイク・シューズ、IGNITUS《イグニタス》 MDも、無回転《むかいてん》シュートを打《う》ちやすくするためのスパイクだ。ボールをヒットさせる部分《ぶぶん》に、ウレタンのパネルがついていて、これがボールの回転《かいてん》をふせぐようになっている」

成宮《なるみや》は、ふっと息《いき》をついた。

「でもカイは、ふつうのボールと、ふつうのスパイクで無回転《むかいてん》を打《う》つんだぜ。オレも、そうしなけりゃ、肩《かた》をならべたって気分《きぶん》になれないよ」

プランスは、ちょっと笑《わら》った。

「じゃ、ボールの中心《ちゅうしん》に近《ちか》いところをけるように、練習《れんしゅう》するんだな。そうすれば、回転《かいてん》はかかりにくくなる。物理学的《ぶつりがくてき》には、ボールの中心《ちゅうしん》から2センチ以内《いない》のエリアだ。そこに当《あ》てれば、無回転《むかいてん》になるはずだ」

成宮《なるみや》は、両手《りょうて》をにぎりしめた。

「よし、やるっ！」

その顔《かお》には、生《い》き生《い》きとした輝《かがや》きがもどってきていた。

成宮《なるみや》が、ほんとにサッカーが好《す》きなんだってことが、痛《いた》いほど伝《つた》わってきて、なんだかうらやましかった。

私《わたし》、そんなに夢中《むちゅう》になれるものって、ないもん。

物語《ものがたり》を書《か》くのがおもしろくなってきそうだけど、まだそれほどじゃないし。

でもいまに、そうなっていくんだろうか。

それとも、べつに、打《う》ちこめるものが見《み》つかるのかな。

この先《さき》、どうなっていくんだろう、私《わたし》の運命《うんめい》って。

自分《じぶん》の未来《みらい》について考《かんが》えるのは、なんだか楽《たの》しみなような、不安《ふあん》なような、ふしぎな気《き》分《ぶん》だった。

ドアをノックする音《おと》がし、聞《き》きなれた声《こえ》が響《ひび》く。

「やぁ、おそろいだな」

開《ひら》いたドアから顔《かお》を出《だ》したのは、女公爵《おんなこうしゃく》だった。

「あれ、どうしたの？」

私《わたし》が聞《き》くと、女公爵《おんなこうしゃく》はプランスを見《み》た。

「プランスが、夕方《ゆうがた》からおもしろいものを見《み》せてくれるって言《い》うから、来《き》たんだ。明日《あした》の朝《あさ》までオールナイトでつづく、おもしろいものだって」

すごっ、そんなに長《なが》く楽《たの》しめるものなんて、あるんだ。

わーい、うれしいな。

私《わたし》も、見《み》せてもらおっと。

「プランス、それって、なぁに」

私《わたし》が聞《き》くと、プランスは、横《よこ》をむいた。

「おまえの、検査《けんさ》だ」

げっ！

27　とつぜんの電話《でんわ》

「私《わたし》を、実験動物《じっけんどうぶつ》あつかいするのは、やめて」

抗議《こうぎ》すると、プランスたちは顔《かお》を見《み》あわせた。

「なんで、いけないんだ」

「動物《どうぶつ》なみじゃん」

「そうだよな」

もうっ！

私《わたし》は、ソファをけりとばすようにして立《た》ちあがった。

「帰《かえ》るから」

プランスが、さっと目《め》の前《まえ》に立《た》つ。

「そうはいかない。さぁ、病院《びょういん》に行《い》こう」

ふん、アカンベ。

「悠貴《ゆうき》、捕獲《ほかく》しろ」

プランスが言《い》うと、女公爵《おんなこうしゃく》がすぐさま、私《わたし》のひじをひねりあげた。

片手《かたて》で、ちょっと強《つよ》めにつかんだだけなんだけど、それでも私《わたし》は体《からだ》を動《うご》かせなくなってしまった。

えーい、はなせっ！

「悪《わる》く思《おも》うな、スズ」

悪《わる》く思《おも》うよっ！

「ひと晩楽《ばんたの》しめる獲物《えもの》を逃《のが》すわけにはいかないからな。プランス、どうするんだ、これ」

もうすっかり、動物《どうぶつ》あつかいが定着《ていちゃく》、しくしくしく。

「病院《びょういん》に連《つ》れていく。いま、車《くるま》を用意《ようい》するから」

そう言《い》いながらプランスは、成宮《なるみや》を見《み》た。

「おまえも来《く》るか」

成宮《なるみや》は、あっさり首《くび》を横《よこ》にふる。

「オレ、帰《かえ》って無回転《むかいてん》シュートの練習《れんしゅう》する。スズの検査《けんさ》になんか興味《きょうみ》ないし」

う〜む、そんな言《い》いかたされると、それはそれで、おもしろくない。

気分《きぶん》、複雑《ふくざつ》……。

そのとき、成宮《なるみや》のズボンのうしろポケットから、いきなりＥＸＩＬＥ《エグザイル》のメロディが流《なが》れてきて、みんなが一瞬《いっしゅん》、そちらを見《み》た。

「あ、オレの着《ちゃく》メロ」

いそいで携帯電話《けいたいでんわ》をとりだす成宮《なるみや》に、私《わたし》は目《め》を見《み》はった。

持《も》ってるんだぁ、携帯《けいたい》。

私《わたし》も、ちょっとほしいかも。

でも、叔母《おば》さんには言《い》えないもんな。

お金《かね》かかるし。

「お」

片手《かたて》で携帯電話《けいたいでんわ》を開《ひら》いた成宮《なるみや》が、おどろいたような顔《かお》をあげた。

「カイからだ」

ドキッ！

「なんだろう」

ドキドキして見《み》ている私《わたし》の目《め》の前《まえ》で、プランスがすっと手《て》をのばし、成宮《なるみや》から携帯電話《けいたいでんわ》をとりあげた。

「出《で》るな」

その場《ば》にいた全員《ぜんいん》が、びっくりした。

なんでっ!?

「カイは、なにか話《はな》したくて、オレに電話《でんわ》してきたんだぜ」

成宮《なるみや》が怒《おこ》ったように言《い》った。

「それを聞《き》いてやらないなんてこと、なしだろ」

そーよ！

それにプランスだって、助《たす》けをもとめてきたら、かならず応《おう》じられるようにしとくって言《い》ってたじゃん。

いまが、そのときかもしれないんだよ。

「返《かえ》せよ」

成宮《なるみや》が手《て》をのばすと、プランスは巧《たく》みにかわした。

「ダメだ」

着信《ちゃくしん》メロディは、流《なが》れつづける。

電話《でんわ》のむこうでカイが、どんな気持《きも》ちで待《ま》っているだろうと考《かんが》えて、私《わたし》はハラハラした。

落《お》ちついてね、カイ。

出《で》ないからって、がっかりして切《き》っちゃダメだよ。

いま、なんとかするから、成宮《なるみや》が。

「返《かえ》せって」

成宮《なるみや》は、プランスに飛《と》びつき、携帯電話《けいたいでんわ》をもぎとろうとする。

瞬間《しゅんかん》、ふっと着信《ちゃくしん》メロディがとぎれた。

あーあ、切《き》れちゃった。

成宮《なるみや》は、とり返《かえ》しのつかないことをしてしまったかのような顔《かお》つきになり、プランスに食《く》ってかかった。

「ほら、切《き》れたじゃないか。もしカイになにかがおこってたら、どうすんだよっ！」

プランスは、よゆうのある笑《え》みをうかべた。

「だいじょうぶだ」

う〜ん、なに考《かんが》えてんのか、さっぱりわからんなぁ。

「なにがだいじょうぶなんだ。説明《せつめい》しろ」

大声《おおごえ》を出《だ》した成宮《なるみや》にむかって、プランスはしずかに口《くち》を開《ひら》いた。

「では聞《き》くが、もしカイにたいへんなことがおこっていた場合《ばあい》、カイは、素直《すなお》にそれを、おまえに言《い》うか」

成宮《なるみや》は、ちょっと口《くち》ごもった。

う〜ん、それは言《い》わないと思《おも》うな。

すっごい、たいへんなときでも、なんにも言《い》わない。

カイって、いままでずっと、そうだったもん。

自分《じぶん》の中《なか》に、かかえこんでるんだよね。

ちらっと私《わたし》の顔《かお》を見《み》にきたりするけど、それでも大事《だいじ》なことはぜったい、言《い》わない。

笑《わら》ってごまかす、そういうタイプだから。

だから、いっそう心配《しんぱい》なんだ。

「言《い》わねーよ」

成宮《なるみや》がふてくされて答《こた》えると、プランスは鼻《はな》で笑《わら》った。

「では、電話《でんわ》で話《はな》してみても意味《いみ》がないだろう」

「そんなことない」

成宮《なるみや》は必死《ひっし》で言《い》いつのる。

「だれかの声《こえ》を聞《き》いたり、関係《かんけい》ない話《はなし》をするだけで、心《こころ》が癒《いや》されるってこと、あるじゃないか」

そうだよね。

カイは、それだけでもいいんだって、「モンブラン女王《じょおう》と天使島《てんしとう》」の中《なか》で、女公爵《おんなこうしゃく》が言《い》ってたもん。

「熱《あつ》くなるなよ、成宮《なるみや》」

女公爵《おんなこうしゃく》が、ため息《いき》をつきながらプランスを見《み》た。

「プランスなら、カイから本音《ほんね》を引《ひ》きだすことができるよ」

え。

「もしカイにこまったことがおきていて、おまえのとこにかけてきたんなら、おまえが出《で》なければ、カイはかならず、べつのだれかのところにかける。それは、たぶんプランスだ」

そのとき、ノックの音《おと》がして、おてつだいさんが顔《かお》を出《だ》した。

「仁《じん》さまにお電話《でんわ》です。冬馬戒《とうまかい》さんから」

女公爵《おんなこうしゃく》、大《おお》あたりっ！

成宮《なるみや》は、くやしそうにさけんだ。

「ちっきしょう」

はっきりいって、それは敗北宣言《はいぼくせんげん》のようなものだった。

まぁね、プランスとあらそっても、勝《か》てるはずないし。

「みんなも、聞《き》きたいだろう。ハンズフリーにしておく」

そう言《い》いながらプランスは、私《わたし》を見《み》た。

「むこうの声《こえ》も聞《き》こえるが、こっちの声《こえ》もむこうに届《とど》く。しずかにしろよ」

わかったよ。

私《わたし》が電話機《でんわき》に耳《みみ》をよせようとすると、プランスは天井《てんじょう》をさした。

「ラウドスピーカーは、あそこ」

まぁ、電化《でんか》された家《いえ》ね、ふん。

プランスが、電話機《でんわき》についているタッチパネルのキーを押《お》す。

私《わたし》たちは、天井《てんじょう》をあおいだ。

「もしもし、プランス？」

カイの声《こえ》が、降《ふ》ってくる。

「元気《げんき》かなって思《おも》ってさ、電話《でんわ》してみた。プランスが元気《げんき》なのは、わかってるけどさ。ほかの連中《れんちゅう》はどう？　スズとかは？」

急《きゅう》に自分《じぶん》の名前《なまえ》をよばれて、私《わたし》は胸《むね》がジーンとした。

病院《びょういん》のうらで、ぐうぜん会《あ》ったときは、私《わたし》のことをなんでもないって無視《むし》したけれど、ちゃんと気《き》にしていてくれたんだ。

それがわかって、うれしかった。

「もちろん元気《げんき》だ。スズが元気《げんき》をなくすはずないだろう」

プランスがそう言《い》うと、カイはちょっと笑《わら》った。

「そうだよな。あいつが元気《げんき》じゃないなんて、ありえないよな」

なんとなくふゆかい……。

気《き》のせいだろうか。

「じゃ、またかけるよ。じゃね」

そう言《い》って、カイは電話《でんわ》を切《き》ろうとした。

プランスは、その目《め》に冷《ひ》ややかな光《ひかり》を瞬《また》かせた。

「それだけのために、かけてきたわけじゃないだろう」

カイは、だまりこむ。

私《わたし》たちは、目《め》と目《め》を見《み》あわせた。

やっぱり、なにかあったのかもしれないって思《おも》いながら。

28 カイの不幸《ふこう》

「言《い》いたいことを、言《い》えよ」

私《わたし》は息《いき》をつめ、天井《てんじょう》を見《み》あげた。

まるでそこに、カイがいるかのように、じいっと。

「友《とも》だちだろう」

カイは、まだだまっている。

「言《い》わないなら、こちらが切《き》るぞ」

わっ、プランス、高飛車《たかびしゃ》すぎるっ！

カイが、ますます内《うち》にこもったら、どーすんのよっ⁉

「無言《むごん》で電波《でんぱ》を使《つか》っていても、しかたがないからな」

そういうわりには、プランスはうでを組《く》んだままで、タッチパネルに触《さわ》ろうとはしなかった。

ためらうカイの心《こころ》と、つな引《ひ》きをしているんだとわかって、私《わたし》はハラハラした。

うーん、プランス、がんばれっ！

カイをこっちに、引《ひ》きずりよせてっ!!

「言《い》わないのか」

天井《てんじょう》のスピーカーは、あいかわらず、沈黙《ちんもく》。

どんな声《こえ》も流《なが》れてこない。

私《わたし》はイライラして、両手《りょうて》を固《かた》くにぎりしめた。

カイってば、はやく話《はな》して、話《はな》すんだっ！

「話《はな》さない気《き》か」

いま、迷《まよ》ってるとこだよ。

いまにきっと、決断《けつだん》するよ。

「話《はな》す気《き》がないなら、二度《にど》とかけるな」

そう言《い》うなり、プランスは、タッチパネルのボタンをぷちっ！

ぎゃあ、ほんとに切《き》ったっ!!

「切《き》っちゃ、ダメじゃないの」

私《わたし》は、わめかずにいられなかった。

「どーすんのよっ！」

プランスは、手間《てま》がかかって、たまらないというように、大《おお》きな息《いき》をついた。

「だいじょうぶだ」

その直後《ちょくご》、ふたたびノックの音《おと》。

「仁《じん》さま、先《さき》ほどの冬馬《とうま》さんから、またお電話《でんわ》が」

あ！

すごい、プランスっ!!

私《わたし》が拍手《はくしゅ》をすると、プランスは気《き》どって自分《じぶん》の胸《むね》にうでをあて、大《おお》きく一礼《いちれい》してから、
おもむろにタッチパネルに指《ゆび》を触《ふ》れた。

「なんだ」

態度《たいど》は、あくまでゴーマン。

まぁ、ゆるすけど。

「さっさと、用件《ようけん》を言《い》え」

カイのつぶやくような声《こえ》が聞《き》こえた。

「サッカー部《ぶ》、やめるつもりなんだ」

なにっ!?

私《わたし》は、髪《かみ》が一気《いっき》にぜんぶ、さかだってしまうような気《き》がした。

だって、考《かんが》えられないことだったんだもん。

サッカーをやっていないカイなんて、想像《そうぞう》できない。

私《わたし》のそばでは、成宮《なるみや》が、やっぱりボーゼンとしていた。

そりゃ、そうだよね。

成宮《なるみや》にとって、カイは、いつも気《き》になるライバルなんだもの。

いきなり消《き》えられたら、そりゃ、ボーゼンだよぉ。

「ほう、思《おも》いきったものだな」

プランスは、あくまで冷静沈着《れいせいちんちゃく》。

「原因《げんいん》は、なんだ」

カイは、またしばらくだまりこんでから、あまり感情《かんじょう》のこもらない声《こえ》で言《い》った。

「顧問《こもん》の方針《ほうしん》と、僕《ぼく》のスタイルがあわないから」

あ、それかっ！

「今日《きょう》、地区大会《ちくたいかい》の予選《よせん》メンバーが発表《はっぴょう》になったけど、はずされた」

ゆっ、ゆるせんっ！

みんなに将来《しょうらい》を期待《きたい》されてるカイを、無回転《むかいてん》シュートすらできるカイを、メンバーからはずすなんて。

おい顧問《こもん》、おまえのチーム、ボロ負《ま》けだぞっ！

「抗議《こうぎ》したのか」

プランスが聞《き》くと、カイはちょっと笑《わら》った。

「僕《ぼく》はしないけど、ほかのメンバーやマネージャーが、なんで冬馬《とうま》がメンバーじゃないのかってさわいで」

私《わたし》は、アップルパイ姫《ひめ》の顔《かお》を思《おも》いだした。

すごく、さわぎそう……。

「で、そのみんなが、顧問《こもん》に抗議《こうぎ》にいったんだ」

おお、やったれっ！

「そしたら、こんどは顧問《こもん》のほうがキレて」

わっ、顧問《こもん》でも、キレるんだ。

でも、それって逆《ぎゃく》ギレじゃん。

大人《おとな》がすることじゃないと思《おも》うけどな。

「教師《きょうし》のやりかたに文句《もんく》のあるヤツは退部《たいぶ》しろってどなって、部員《ぶいん》の半分《はんぶん》くらいが退部《たいぶ》しなけりゃならない状態《じょうたい》になってる」

けっこう、オオゴトになっちゃったんだねぇ。

「みんな、サッカーがやりたくて入部《にゅうぶ》してるんだから、こんなことで退部《たいぶ》させるのは、かわいそうだし、責任《せきにん》は僕《ぼく》にあるからさ。ここは僕《ぼく》がやめるってことで、顧問《こもん》と話《はなし》をつけようと思《おも》って」

ああ、カイらしいなって思《おも》った。

やっぱり自分《じぶん》で、せおいこむんだよね。

でも、そんなことしてたら、あんた自身《じしん》はどうなるのよ。

そこでサッカーできなかったら、するところがないじゃん。

「おまえ、やめてどうする。どこでサッカーをするんだ」

プランスが聞《き》くと、カイは小《ちい》さな息《いき》をついた。

「方法《ほうほう》は、また考《かんが》えるよ。でもいまは、僕《ぼく》にとってなにもかもが逆風《ぎゃくふう》だから、少《すこ》しサッカーからはなれて、じっとしているほうがいいのかもしれない」

カイがかわいそうで、私《わたし》は息《いき》がつまった。

ふつうの人《ひと》だってサッカー部《ぶ》に入《はい》って楽《たの》しんだり、選手《せんしゅ》をめざしたりしてるのに、すごい才能《さいのう》があって、努力《どりょく》もして、サッカーが大好《だいす》きなカイが、どうしてこんな目《め》にあうんだろうと思《おも》って。

「あきらめるわけじゃないよ。ただ逆風《ぎゃくふう》がやむのを待《ま》つんだ。そのときが、かならず来《く》るって信《しん》じているし」

でもそれは、とてもつらいことだよね。

目《め》の前《まえ》においしいお菓子《かし》があって、みんなが食《た》べているのに、自分《じぶん》だけが食《た》べられないくらい、つらいことだよ、きっと。

ああ、なんとかしてあげたい！

でも、どうすればいいのっ⁉

「わかった」

プランスの言《い》いかたは、投《な》げだすようだった。

「1日《にち》、待《ま》て。なんとかしてやる」

すぐさま電話《でんわ》を切《き》り、私《わたし》たちを見《み》まわす。

「ということで、いそがしくなった。こちらのお楽《たの》しみは、明日《あした》にのばすことにする。明日《あした》の夕方《ゆうがた》、また来《き》てくれ。直接《ちょくせつ》、病院《びょういん》のほうでいい」

ふん、おあいにく、行《い》くもんか。

「では、これで解散《かいさん》だ」

そう言《い》うなり、プランスは、さっと部屋《へや》から出《で》ていってしまった。

「なんとかしてやるって、どうするつもりなんだろ」

成宮《なるみや》が、首《くび》をかしげる。

「それほど強硬《きょうこう》な顧問《こもん》を、説得《せっとく》できるはずもないし」

そうよね、そうとうガンコよね。

「かといって、カイを松葉《しょうよう》にもどすこともできないだろうし」

そうよね、カイが、うんって言《い》わないもんね。

「かといって、部外者《ぶがいしゃ》のプランスが、北中《きたちゅう》に出《で》ばっていって、部員《ぶいん》たちをなだめて顧問《こもん》にあやまらせることもできないだろうし。その逆《ぎゃく》もムリだろうし」

わーん、それじゃなんにもできないじゃん。

「ま、プランスは、天才《てんさい》だ」

女公爵《おんなこうしゃく》は、わりと楽観《らっかん》していた。

「どんなことも、物理的《ぶつりてき》にしか動《うご》かないというのが、プランスの信条《しんじょう》だ。きっと物理的《ぶつりてき》になんとかするだろう」

はて。

私《わたし》は、一瞬《いっしゅん》、「アップルパイ姫《ひめ》」に行《い》って、くわしいことを聞《き》いてみようかと考《かんが》えた。

でも、くわしいことがわかったからって、どうなるものでもないもんね。

へたに姫《ひめ》のまわりをウロウロすると、前《まえ》みたいにカイと遭遇《そうぐう》する危険《きけん》があるし。

「プランスにまかせておけばいいさ。あいつが1日待《にちま》てといったんだ。きっとなんとかするはずだ」

そうだね。

とにかく1日《にち》、待《ま》ってみよう。

29
物語《ものがたり》のエンド

その夜《よる》、私《わたし》は、いつもどおりに、つくえの上《うえ》にノートをおいて眠《ねむ》った。

すると、朝《あさ》には、それがカバンのところに移動《いどう》していた。

その日《ひ》は日曜日《にちようび》だったから、遅刻《ちこく》を気《き》にすることもなく、ゆっくり読《よ》めたんだ。

オリちゃんったら、5ページも進《すす》んでいて、しかも最後《さいご》のところには、END《エンド》って書《か》いてあった。

書《か》きあがったんだぁ。

END《エンド》マークのとなりには、「タイトル　聖剣騎士団《せいけんきしだん》」と書《か》かれていた。

はじめから読《よ》んでみると、それは、「私《わたし》」とルイ・シャルルが出会《であ》って、おたがいを理《り》解《かい》して、そしてルイ・シャルルの突然《とつぜん》の死《し》で別《わか》れる悲劇《ひげき》だった。

ルイ・シャルルの死《し》ぬところなんか、もうかわいそうでかわいそうで、私《わたし》、本気《ほんき》で泣《な》いてしまった。

その部分《ぶぶん》だけ、何度《なんど》読《よ》んでも、涙《なみだ》が出《で》てくるの。

ああ、ルイ・シャルルがかわいそう！

私《わたし》が助《たす》けてあげたい!!

そんなふうに思《おも》わせるオリちゃんは、やっぱり物語《ものがたり》を作《つく》るのがすごくうまいんだなぁ。

でもふしぎなことに、何度《なんど》かくり返《かえ》して読《よ》んで、そのたびに涙《なみだ》を流《なが》していたら、私《わたし》は、ルイ・シャルルって名前《なまえ》に、心《こころ》がふるえなくなった。

ほかの名前《なまえ》とおなじように、ふつうに受《う》けとめられるようになっていたの。

泣《な》きすぎると、涙《なみだ》が涸《か》れるってよく聞《き》くけれど、心《こころ》にたまっていたものがぜんぶ、涙《なみだ》で流《なが》れていってしまったのかもね。

でも、心《こころ》にたまっていたものって、いったいなんだったんだろ。

う〜む……、ストレスかな？

「スズちゃん、おきてるの？」

下《した》から叔母《おば》さんの声《こえ》がした。

「うちのアップルパイ、ようやく片《かた》づいたから、昼《ひる》ごはんがすんだら、このあいだ言《い》っていたアップルパイ屋《や》さんに行《い》ってみましょうか」

おお、ラッキィ！

また、あのアップルパイが食《た》べられる。

それに叔母《おば》さんといっしょなら、たとえカイに会《あ》ってもカモフラージュできるし、うまくすれば、姫《ひめ》からようすも聞《き》けるもんね。

私《わたし》は、超《ちょう》ごきげんで、昼《ひる》ごはんを食《た》べたあと、叔母《おば》さんといっしょに出《で》かけた。

でも、なんだかみょうに、体《からだ》がつかれていて、だるかった。

昨日《きのう》、５ページも書《か》いたから、よく寝《ね》てないのかもね。

そう考《かんが》えながら、ハッとしたのだった。

これで物語《ものがたり》は、終《お》わった。

ってことは、オリちゃんは、これからどうするんだろう。

もう降臨《こうりん》しないんだろうか。

それとも、私《わたし》といっしょに、べつの物語《ものがたり》を書《か》いていくんだろうか。

もし、そうだとすると、女公爵《おんなこうしゃく》が言《い》っていたように、２人《ふたり》のあいだで、バトルもあるかもしれないんだよねぇ。

なんか、気分《きぶん》ふくざつ。

やっぱ、プランスに検査《けんさ》してもらって、はっきりさせたほうがいいかもね。

「いらっしゃいませ」

「アップルパイ姫《ひめ》」のドアを入《はい》ると、カウンターのむこうにいた姫《ひめ》と、すぐ目《め》があった。

「あ、来《き》てくれて、ありがと」

その表情《ひょうじょう》は、すごく明《あか》るかった。

なんか、いいことでもあったのかな。

そう思《おも》っていると、喫茶室《きっさしつ》のほうから、どっと笑《わら》い声《ごえ》があがった。

私《わたし》はそちらに顔《かお》をむけて、透明《とうめい》なドアのむこうのテーブルに、たくさんの中学生男子《ちゅうがくせいだんし》がならんでいるのを見《み》た。

その中《なか》に、カイもいたんだ。

うれしそうな顔《かお》で、みんなと話《はな》している。

昨日《きのう》の電話《でんわ》のようすとは、ぜんぜんちがっていて、私《わたし》はびっくりした。

「ごめんね、うるさくて」

姫《ひめ》が、あわてて言《い》った。

「サッカー部《ぶ》の連中《れんちゅう》だから、声大《こえおお》きいんだ」

どうしたんだろう。

「地区大会《ちくたいかい》がもうすぐはじまるから、作戦《さくせん》たててるとこ」

カイも、そのほかの部員《ぶいん》も、みんな笑顔《えがお》だった。

「なんか、楽《たの》しそうだね」

私《わたし》が言《い》うと、姫《ひめ》もニッコリ笑《わら》った。

「わかる？　じつはね、部員《ぶいん》ともめてた顧問《こもん》が、突然《とつぜん》、転任《てんにん》になったの」

え、そうなの。

「今日《きょう》のお昼《ひる》にわかったばっかり。それでみんなで、盛《も》りあがってるとこなんだ。あの顧《こ》問《もん》さえいなければ、うちは、すごくまとまるチームなんだもん」

悪《あく》の元凶《げんきょう》が、たち去《さ》ったってことだよね。

へぇ、よかった。

これでカイも、きっとレギュラーになれるよね。

「でも、顧問《こもん》が転任《てんにん》していく先《さき》の学校《がっこう》は、気《き》のどくかもね。松葉学園《しょうようがくえん》だっていうけど」

げっ！

「なんでも、顧問《こもん》のサッカーセンスを見《み》こんでのスカウトで、ぜひ松葉《しょうよう》のサッカー部《ぶ》を指導《しどう》してほしいって申《もう》しこみがあったとか。本人《ほんにん》がすごく得意《とくい》になって、みんなに言《い》いふらしてたよ。でも、あの人《ひと》にサッカーセンスがあるとは、どうしても思《おも》えないんだけど。きっと、見当《けんとう》ちがいだと思《おも》うよ。松葉《しょうよう》のだれがスカウトしたのか知《し》らないけどさ」

プランスだぁ！

「でも、とにかくうちは、助《たす》かったの。とても気分《きぶん》がいいから、今日《きょう》は、アップルパイをおごっちゃう」

いいよ、前《まえ》もおごってもらったもん。

「これで、冬馬《とうま》も大会《たいかい》の出場《しゅつじょう》メンバーに入《はい》れるし、試合《しあい》に出《で》れば、エースの座《ざ》を勝《か》ちとることもできると思《おも》うんだ。そして大会《たいかい》も、けっこう、いいとこまでいくんじゃないかな、うふっ。そしたら、私《わたし》、告白《こくはく》しよっかな」
私《わたし》は、ちょっと、シュン……。
でも、応援《おうえん》しなくっちゃね。
こんなに熱心《ねっしん》なマネージャーが、そばにいてくれたら、きっとカイのためになるもん。
「ねえ、麦茶《むぎちゃ》どこ？」
声《こえ》とともに、ドアの開《ひら》く音《おと》がした。
「場所《ばしょ》教《おし》えてくれれば、運《はこ》ぶけど」
私《わたし》がふりむくのと、透明《とうめい》なドアを開《あ》けて出《で》てきたカイが立《た》ちどまるのが、同時《どうじ》だった。
その顔《かお》には、さっきまでみんなと笑《わら》っていたときの微笑《ほほえ》みが残《のこ》っていた。
とても、いい顔《かお》だったんだ。
私《わたし》は、心《こころ》の中《なか》で言《い》った。
よかったね、カイ。
私《わたし》も、応援《おうえん》してるからね。
アップルパイ姫《ひめ》とも、うまくやるんだよ。

あんたは、姫《ひめ》の恋人《こいびと》になるんだからね。

「ほら、冬馬《とうま》」

姫《ひめ》が、麦茶《むぎちゃ》の入《はい》ったポットを持《も》ってきて、カイにわたした。

「持《も》っていって」

カイは、それを手《て》にとった。

でも、動《うご》かなかったの。

じっと私《わたし》を見《み》たままだった。

私《わたし》は、どうしていいのかわからなかった。

そんなふうにしていると、せっかく思《おも》い出《で》の箱《はこ》にしまいこんだ、さまざまなことが、あふれて出《で》てきてしまいそうだった。

「スズちゃん」

レジのほうから、叔母《おば》さんの声《こえ》がした。

「帰《かえ》るわよ」

私《わたし》は、逃《に》げるようにカイに背中《せなか》をむけて、店《みせ》を出《で》た。

「混《こ》んでたわね。評判《ひょうばん》のいいお店《みせ》なのねぇ」

あいさつくらい、すればよかった。

カイは、ヘンに思《おも》ったかもしれない。

私《わたし》が応援《おうえん》している気持《きも》ち、きっと伝《つた》わらなかったよね。

でも、カイだって悪《わる》いんだよ。

なにも言《い》わなかったし、あんなふうにじっと見《み》つめられると、なんかむかつく。

いろいろなことが心《こころ》で入《い》り乱《みだ》れて、家《いえ》に帰《かえ》ってパイを食《た》べるときにも、けっこう、ゆううつな気持《きも》ちだった。

えーい、カイのことはもうわすれるっ！

もうぜったい、考《かんが》えない。

もし考《かんが》えたら、私《わたし》、呪《のろ》われろ!!

そう自分《じぶん》に言《い》い聞《き》かせた。

30 プランスの腕《うで》のなかで

「あれがいちばん、かんたんな方法《ほうほう》だったんだ」

その日《ひ》の夕方《ゆうがた》、プランスは、集《あつ》まった私《わたし》たちを見《み》まわした。

「一般的《いっぱんてき》に言《い》って、この世《よ》におこった問題《もんだい》を解決《かいけつ》する方法《ほうほう》はいくつかある。その中《なか》のひとつは、問題《もんだい》をおこしている人間《にんげん》を排除《はいじょ》することだ」

だからって、なにも松葉《しょうよう》によばなくても、と思《おも》うのは、私《わたし》だけ？

「これから、オレ、そいつに悩《なや》まされるんだぜ、きっと」

成宮《なるみや》が、イヤそうな顔《かお》をした。

「だってオレって、カイとおなじタイプのストライカーだもん。パスでまわせだって？カンベンしてくれよ」

女公爵《おんなこうしゃく》が、成宮《なるみや》の肩《かた》を抱《だ》きよせる。

そんなふうにすると、女公爵《おんなこうしゃく》は背《せ》が高《たか》いから、成宮《なるみや》はその胸《むね》の中《なか》に入《はい》ってしまうんだ。

女公爵《おんなこうしゃく》は、ポンと成宮《なるみや》の頭《あたま》に手《て》をのせた。

まるで、やんちゃな弟《おとうと》をかわいがっている、お兄《にい》さんのようだった。

「さいわい、うちのサッカー部《ぶ》には、監督《かんとく》もコーチもたくさんいる。北中《きたちゅう》からくるそいつは、まず予備軍《よびぐん》の監督《かんとく》、もしくはコーチからスタートさせるんだろ、プランス」

プランスは、皮肉《ひにく》な笑《え》みをうかべた。

「部員《ぶいん》とトラブルをおこす性格《せいかく》を直《なお》してからでなけりゃ、成宮《なるみや》のチームまでやらせやしないよ。安心《あんしん》していろ」

成宮《なるみや》は、表情《ひょうじょう》をやわらげる。

「よかった。こんどはオレが、部活《ぶかつ》やめなきゃならなくなるとこだったよ。オレは、カイほどおとなしくないからさ。そいつをぶんなぐって、暴力沙汰《ぼうりょくざた》で退部《たいぶ》だな」

みんなが笑《わら》った。

「さて、検査《けんさ》に入《はい》るぞ、スズ」

プランスに言《い》われて、私《わたし》はハッと思《おも》いだし、ノートを出《だ》した。

「物語《ものがたり》が、完結《かんけつ》したんだよ。『聖剣騎士団《せいけんきしだん》』っていうタイトルがついたんだ」

プランスは、ふっと顔《かお》をこわばらせた。

私《わたし》の手《て》からノートをとりあげ、目《め》をとおす。

すごく真剣《しんけん》な顔《かお》つきだった。

まるで、チェックでもしているかのよう。

最後《さいご》まで読《よ》んでから、私《わたし》に視線《しせん》をむけた。

「いまの気分《きぶん》は、どうだ」

こちらをのぞきこむ、セルリアン・ブルーの瞳《ひとみ》が、ふるえて見《み》えるほど緊張《きんちょう》している。

そんなプランスを見《み》るのははじめてで、私《わたし》はびっくりした。

「ちょっとつかれてるかも。でも平気《へいき》だけど。それにね、ルイ・シャルルっていう名前《なまえ》を見《み》ても、心《こころ》が反応《はんのう》しなくなったんだ」

プランスは、息《いき》をつめた。

「まったく平気《へいき》か」

私《わたし》は、大《おお》きくうなずいた。

「うん、ぜんっぜん！」

プランスはギュッと目《め》をつぶり、片手《かたて》の人《ひと》さしゆびと親《おや》ゆびで、自分《じぶん》の目頭《めがしら》をつまんだ。

「それは、よかった」

いかにも安心《あんしん》したという表情《ひょうじょう》だったので、私《わたし》のほうがおどろいてしまった。

はて。

そんな、たいしたことだったのだろうか。

「もう、このままいけるかもしれない。よけいな負担《ふたん》はかけないほうがいいだろうから、検査《けんさ》は中止《ちゅうし》だ」

成宮《なるみや》と女公爵《おんなこうしゃく》が、不満《ふまん》そうな声《こえ》を出《だ》した。

「せっかく楽《たの》しみにしてきたのに」

「そうだよなぁ」

ふん、人《ひと》の検査《けんさ》を楽《たの》しみにするな。

「時間《じかん》があいたな。なにか用意《ようい》させよう」

そう言《い》ってプランスは、電話機《でんわき》のタッチパネルを押《お》した。

「食《た》べ物《もの》を至急《しきゅう》、４人《にん》ぶんだ。なにがある？」

電話《でんわ》のむこうからコックさんの声《こえ》がする。

「すぐにご用意《ようい》できるのは、サンドイッチとカレー類《るい》で、モッツァレラチーズとカポナータのフォッカチャサンド」

わっ、おいしそっ！

「それに卵《たまご》サラダのロールサンド」

それも、いいかもっ！

「それからクラブハウスサンド、焼《や》きたてのブリオッシュ」

好《す》き好《す》きっ！

「カレー類《るい》は、カニカレー、チキンカレー、ビーフカレー、キーマカレー、野菜《やさい》カレー、エビフライカレー、ビーフカツカレー、レッドカレー、ドライカレーです」

よくわからんのもあるけど、カレーなら、みんなゆるす。

「スイーツは、アップルパイとモンブラン、オペラ、ナポレオンパイ、ショートケーキ、マスクメロンのゼリー、アイスクリームとシャーベットがそれぞれ３種類《しゅるい》ずつ」

きゃぁ、いい、もう最高《さいこう》っ！

「飲《の》み物《もの》は、世界《せかい》でも3本《ぼん》の指《ゆび》に入《はい》るという、グアテマラの有名農園《ゆうめいのうえん》で昨年《さくねん》とれたコーヒー豆《まめ》が入《はい》っていますので、これを使《つか》ったカフェ。それにハーブ・ティがカモミール、レモングラス、ベルベンヌ。ジュースが、オレンジとカシス、キウイ、グレープフルーツです」

もう聞《き》いただけで、食《た》べた気分《きぶん》、ういっぷ。

「じゃ、居間《いま》に運《はこ》んでくれ」

私《わたし》はもう、おどるような足《あし》どりで、さっそく居間《いま》にむかおうとした。

なにから食《た》べようかな、るんっ！

「おまえは、待《ま》て」

プランスが、私《わたし》のうしろえりを、つかみあげた。

え、なんでっ!?

「悠貴《ゆうき》と成宮《なるみや》は、先《さき》に行《い》っててくれ」

私《わたし》だけ隔離《かくり》？

ひどいよぉ！

私《わたし》は、ジタバタしたけれど、プランスは、はなしてくれなかった。

「こっちにこい」

えりをつかんだまま、私《わたし》を引《ひ》きずるようにして部屋《へや》を出《で》て、となりの部屋《へや》へ。

ドアを開《あ》けると、そこは、寝室《しんしつ》だった。

かべも、じゅうたんも、カーテンも、まっ白《しろ》。

ピュアホワイトの部屋《へや》に、純白《じゅんぱく》のベッドがおいてあって、純白《じゅんぱく》のベッドカバーがかけてあった。

まるで、雪《ゆき》が積《つ》もっているみたい。

そう思《おも》った瞬間《しゅんかん》に、心《こころ》がチクッとしたんだ。

あっ！

でも、それはすぐ、まるで雪《ゆき》の結晶《けっしょう》がとけるみたいに、ふわっととけて、消《き》えていった。

「すわれ」

白《しろ》いソファをさして言《い》って、プランスは、かべについていたパネルキーを押《お》す。

白《しろ》いかべが動《うご》いて、スクリーンがあらわれ、そこに大《おお》きな庭《にわ》が映《うつ》しだされて、やがて雪《ゆき》が降《ふ》りはじめた。

つぎからつぎへと降《ふ》ってくる雪《ゆき》は、とてもきれいだった。

「雪《ゆき》は、好《す》きか」

私《わたし》は、首《くび》を横《よこ》にふった。

「あまり好《す》きじゃない。……なんとなく哀《かな》しいから」

そう言《い》ったとたんに、涙《なみだ》がこぼれた。

やだ、なんだろう。

プランスがいるのに、泣《な》いたりしたら、ヘンに思《おも》われるじゃん。

私《わたし》は、目《め》をパチパチして涙《なみだ》を飛《と》びちらせようとしたり、上《うえ》をむいて流《なが》れてこないようにがんばった。

かべによりかかっていたプランスが、ちょっと笑《わら》って体《からだ》をおこし、私《わたし》のすわっていたソファに歩《あゆ》みよってくる。

「泣《な》けばいい」

そう言《い》いながら私《わたし》の前《まえ》にひざまずき、こちらをあおぎ見《み》た。

いつもは、プランスから見《み》おろされてばかりいるから、そんなふうにされると、なんだかふしぎな感《かん》じだった。

「泣《な》いて、流《なが》してしまったほうがいい」

そういえば、物語《ものがたり》の最後《さいご》のところを読《よ》んで、おもいっきり泣《な》いたら、心《こころ》が落《お》ちついたんだっけ。

「ほら、ハンカチ」

プランスがポケットから、白《しろ》いハンカチを出《だ》してくれた。

私《わたし》はそれを顔《かお》に押《お》しあてて、声《こえ》をあげて泣《な》いてしまった。

わーんっ！

自分《じぶん》がなんで泣《な》いているのか、よくわからなかったけれど、とにかく泣《な》きたい気分《きぶん》だったの。

プランスは、私《わたし》のとなりに腰《こし》をおろし、そっと肩《かた》を抱《だ》いてくれた。

それで私《わたし》は、これさいわいとプランスの肩《かた》にもたれかかって、ふたたび号泣《ごうきゅう》したのだった。
も一度《いちど》、わーんっ！
ひっく、ひっく、ひっく……。

「ゆっくり泣《な》け。おさまったら、食《く》いにいこう」

その瞬間《しゅんかん》、涙《なみだ》は、ピタッ！

あら、おさまった。

「行《い》こう、プランス」

私《わたし》がすっくと立《た》ちあがると、プランスは苦笑《くしょう》した。

「はやいな」

そっ、そうかなぁ、えへっ。

「また急《きゅう》に泣《な》きたくなることもあるだろう。そのときは、私《わたし》に連絡《れんらく》しろ。これは治療《ちりょう》だ」

へっ!?

ということは、私《わたし》、病気《びょうき》なんだ。

「なんて病気《びょうき》？」

私《わたし》が聞《き》くと、プランスは、ちょっとむずかしい顔《かお》になった。

「病名《びょうめい》をつけるとするなら、時空間心的外傷後《じくうかんしんてきがいしょうご》ストレス障害《しょうがい》だな」

長《なが》っ！

覚《おぼ》えらんない。

「だが、原因《げんいん》がわかってよかった。おまえの脳《のう》は、なかなか賢《かしこ》いのかもしれない」

は？

「すべてを物語《ものがたり》として完結《かんけつ》させることで、傷《きず》をその中《なか》につつみこみ、リアルな記憶《きおく》から排《はい》除《じょ》したんだ」

はぁ……。

プランスの言《い》っていることは、私《わたし》には、よくわからなかった。

ま、いつだって、どうせ半分《はんぶん》くらいしか、わからないんだけどさ。

でも物語《ものがたり》の完結《かんけつ》と言《い》われて、今朝《けさ》から気《き》になっていたことを思《おも》いだしたので、聞《き》いてみた。

「あの、物語《ものがたり》を書《か》きおえたオリちゃんは、これからどうなるの。新《あたら》しい物語《ものがたり》を、1人《ひとり》で書《か》くの。それとも、私《わたし》といっしょに書《か》いていくの。それとも、もう降臨《こうりん》しないの」

プランスは、ふっと笑《わら》った。

「スズは、どうしたいんだ」

どうって……どうかなぁ。

降臨《こうりん》してくれると、うれしいし、1人《ひとり》で書《か》くのは不安《ふあん》だから、いっしょにいてくれるとたのもしいけど、バトルになったら、やだしなぁ。

「スズが、どうしたいかを決《き》めるのが、まず先《さき》だ」

そうなんだ。

「自分《じぶん》の気持《きも》ちをはっきりさせろ。そうすれば、なにもかもがそれについてくるはずだ」

そう言《い》ったプランスのまなざしは、微笑《ほほえ》みをふくんでいて、とてもやさしかった。

いつも、このくらいやさしいといいのに。

そしたら、好《す》きなんだけどなぁ。

そう思《おも》いながら見《み》ていたら、プランスの瞳《ひとみ》が、前《まえ》とは少《すこ》し変《か》わっていることに気《き》づいた。

あざやかで冷《つめ》たいセルリアン・ブルーなんだけど、そこに影《かげ》のような、深《ふか》みのある色《いろ》がくわわっていた。

そのために、とてもせつなそうに見《み》えるのだった。

いつからプランスは、こんな目《め》をするようになったんだろう。

「なんだ、じっと見《み》て。どうかしたのか」

プランスに聞《き》かれて、私《わたし》はあわててごまかした。

「今日《きょう》のプランスは、とっても親切《しんせつ》だなと思《おも》ってさ」

そう言《い》ってから、このさいだから、聞《き》いといてみようと思《おも》いなおした。

「どうして？」

プランスはちょっとまじめな顔《かお》になり、それから、雪《ゆき》が降《ふ》っているスクリーンのほうにむきなおった。

「それはたぶん、あきらめという言葉《ことば》を知《し》ったからだ。この世《よ》には、あきらめなければならないこともあるって、わかったからさ」

はらはらと舞《ま》う雪《ゆき》の影《かげ》が映《うつ》るその横顔《よこがお》は、胸《むね》が痛《いた》くなるほど美《うつく》しく、そして、はかなげだった。

TO《トゥ》 読者《どくしゃ》のみなさま

愛川《あいかわ》は、体《からだ》の右《みぎ》と左《ひだり》で、かなりサイズがちがっています。
友人《ゆうじん》からは、
「ゆがんでるんだ！」
と言《い》われていますが、え、これって、ゆがみなの？
靴《くつ》のサイズも左右《さゆう》でちがうし、指輪《ゆびわ》のサイズもちがいます。
小《ちい》さな部分《ぶぶん》では、小指《こゆび》の爪《つめ》の長《なが》さ。
ギリギリまで切《き》って、測《はか》ると、右手《みぎて》は、縦《たて》が15ミリです。
左手《ひだりて》の縦《たて》は、12ミリ。
これだけちがっていると、かなりめだちます。
もちろん視力《しりょく》も、左右《さゆう》でちがっていて、検査《けんさ》するたびに、びっくりされます。
ちょっと、恥《は》ずかしい感《かん》じ。

これらを可能《かのう》なかぎり治《なお》すために、ただいま、特訓中《とっくんちゅう》。

左右《さゆう》の手《て》は、おなじ頻度《ひんど》で使《つか》うことにして、食事《しょくじ》のときなど、おはしを持《も》つ手《て》は、朝昼《あさひる》夕《ゆう》の1食《しょく》ごとに、右《みぎ》、左《ひだり》と変《か》えています。

もちろん荷物《にもつ》を片手《かたて》に持《も》つときも、時間《じかん》をはかって左《ひだり》から右《みぎ》へ、また右《みぎ》から左《ひだり》へと持《も》ち替《か》える。

体《からだ》はできるだけねじらないようにし、足《あし》はぜったい、組《く》まない。

ほおづえも、つかない。

左右《さゆう》を対称《たいしょう》の状態《じょうたい》においておくことで、ゆがみはなくなっていくものだそうですが。

はたして、爪《つめ》のサイズまでおなじにもどるのだろうか、う〜む。


それから、愛川《あいかわ》はいま、結婚相手《けっこんあいて》を探《さが》しています。

え……愛川《あいかわ》の、じゃないよ。

ドイツに住《す》んでいる友人《ゆうじん》が、日本女性《にっぽんじょせい》と結婚《けっこん》したいと言《い》ってきたのです。

条件《じょうけん》は35歳《さい》以上《いじょう》で、ドイツに在住《ざいじゅう》できる人《ひと》、健康《けんこう》で明《あか》るい性格《せいかく》の人《ひと》がよくて、容姿《ようし》と宗《しゅう》教《きょう》は問《と》わないですって。

もし、みなさまのお近《ちか》くに、そんな人《ひと》がいたら、ぜひ推薦《すいせん》してね。

その男性《だんせい》は、フランクフルトに家《いえ》を持《も》っていて、郊外《こうがい》に別荘《べっそう》を持《も》ち、暮《く》らしは裕福《ゆうふく》です。

学者《がくしゃ》さんで、学校《がっこう》の理事長《りじちょう》をし、本《ほん》も執筆《しっぴつ》し、宗教《しゅうきょう》はキリスト教《きょう》のプロテスタント。

性格《せいかく》はまじめで、アルコールもタバコも好《この》みません。

愛川《あいかわ》がドイツに行《い》ったときに知《し》りあったのですが、やさしく親切《しんせつ》にしてもらいました。

日本《にっぽん》の出版社《しゅっぱんしゃ》からも、たくさん本《ほん》を出《だ》しており、信用《しんよう》もあって、尊敬《そんけい》できる人《ひと》です。

彼《かれ》に、はやくベスト・パートナーが見《み》つかるといいな。

どこに転《ころ》がっているか、どこで結《むす》ばれるか、まったくわからないのが、「縁《えん》」というもの。

みなさまも、ぜひ、愛《あい》のキューピッドとして、手《て》を貸《か》してください。

それからお手紙《てがみ》をくださったみなさま、ほんとうにどうもありがとう！

一部《いちぶ》ですが、ここに紹介《しょうかい》させていただき、お返事《へんじ》としますね。

お手紙《てがみ》コーナー

「小学《しょうがく》4年《ねん》の男《おとこ》の子《こ》です。ぼくは、スズの本《ほん》を全《ぜん》かんもっています。ぼくは、じつは、からだがよわくて、外《そと》に出《で》ることもあまりできないんです。さいきんは、じこにあって、救急車《きゅうきゅうしゃ》ではこばれるほどの、けがを。それで、あまりがっこうに行《い》けず、なかまはずれで、本《ほん》がともだちみたいなものです。ぼくのしょうらいのゆめは、小説家《しょうせつか》なのです。先生《せんせい》が、ぼくに勇気《ゆうき》を、くれたからです。そしてスズも。ぼく、このよわいからだで、がんばります」

長崎県《ながさきけん》、Y・Aクン

愛川《あいかわ》もね、小学校《しょうがっこう》のときは、体《からだ》がすごくよわかったんだ。あなたとおなじ学年《がくねん》のときは、特殊学級《とくしゅがっきゅう》に行《い》けって言《い》われたくらい。

友《とも》だちとも、話《はなし》があわなかったし。それで、本《ほん》を読《よ》んでいるときだけが楽《たの》しかったの。

いっしょだよね！　がんばれ、Aくん!!　ずっとずっと、心《こころ》から応援《おうえん》しているからね。

「はじめまして。いつも楽《たの》しく読《よ》ませてもらっています。毎回毎回《まいかいまいかい》、『スズちゃんはどっちに行《い》くんだろ……』と思《おも》いながら、ハラハラしています」

千葉県《ちばけん》、T・Tさん

たしかに！　じつは、私《わたし》にも、よくわかっていません。

自分《じぶん》で書《か》いていながら、そのじつ、スズに書《か》かされているようなところがあります。ほんとに、スズは、どこに行《い》くんでしょうか。

とにかく、ものすごく動《うご》きのはやいキャラで、ちょっとほうっておくと、もう勝手《かって》に動《うご》いているんです。ところが、これを押《お》さえつけておくと、ふてくされて、まったく動《うご》かなくなってしまうので、それはそれでこまるんですよね。

日々《ひび》、スズとの戦《たたか》いです。


「⑥で、カイに、超胸《ちょうむね》キュンしました。キュン死《し》しそうです。とっても好《す》きだったので、ああなってしまったのは、とてもショックでした。でも、これからも小説《しょうせつ》に……出《だ》してください!!　おねがいします!!」

岐阜県《ぎふけん》、A・Yさん

この「アップルパイ姫《ひめ》の恋人《こいびと》」を読《よ》んで、あなたは、さらに、カイに胸《むね》キュンしてしまうことでしょう、ふっふっふ。こんどこそキュン死《し》しないように、気《き》をつけてね。

「私《わたし》はスズ（1巻《かん》のとき）とおなじ小《しょう》6で、いまは受験《じゅけん》しようと思《おも》っています。文芸部《ぶんげいぶ》に入《はい》るために。スズは、小説《しょうせつ》ひとつくらい書《か》きーや！　と思《おも》います。家《いえ》には、いろんな文庫《ぶんこ》の本《ほん》、100さつ以上《いじょう》はあります。新刊《しんかん》、まってますね」　広島県《ひろしまけん》、H・Eさん

たくさん本《ほん》を持《も》っているのね。すごい！

それは、幸《しあわ》せなことです。どうかたくさん読《よ》んで、そしてあなたの栄養《えいよう》にして、すくすくと心《こころ》を育《そだ》ててください。

あ、スズには、よく伝《つた》えておきますね。「小説《しょうせつ》ひとつくらい書《か》きーや！」ですね。

うん、インパクトがすごい。きっとスズも、目《め》をさまされたような気分《きぶん》になることでしょう。どうもありがとう。

「スズちゃんシリーズが大好《だいす》きですが、中《なか》でも好《す》きなのは、女公爵《おんなこうしゃく》です。でもスズちゃんも大好《だいす》きです。スズちゃんが書《か》いた小説《しょうせつ》も読《よ》んでみたいです。本《ほん》を書《か》くのはたいへんかもしれませんが、がんばってください」

福島県《ふくしまけん》、Y・Nさん

スズの書《か》く小説《しょうせつ》も、キャラクターがようやく決《き》まり、動《うご》きだそうとしています。どうぞ、お楽《たの》しみにね。

愛川《あいかわ》に関《かん》しては、書《か》くことは、少《すこ》しもたいへんじゃありません。なによりも、書《か》くことが好《す》きっ！　なのです。

これからも一生懸命《いっしょうけんめい》書《か》きます。応援《おうえん》してね。

「私《わたし》は、この春《はる》、中学《ちゅうがく》2年《ねん》になりました。成宮《なるみや》クン……メチャクチャカッコいいですね！　でも、どの男子《だんし》も、捨《す》てがたい～（笑《わらい》）。先生《せんせい》に聞《き》きたいことがあります。どうしたら、読《よ》む人《ひと》を笑顔《えがお》にするような小説《しょうせつ》や物語《ものがたり》を書《か》けるのですか？　私《わたし》は「小説《しょうせつ》ノート」に小説《しょうせつ》を

石川県《いしかわけん》、H・Sさん

書《か》いています」

小説《しょうせつ》の書《か》きかたに、決《き》まった方法《ほうほう》はありません。あなたが自分《じぶん》で笑顔《えがお》になれるような物語《ものがたり》を書《か》けば、きっと読《よ》む人《ひと》も笑顔《えがお》になれるのではないかと思《おも》います。

それから、自分《じぶん》が読《よ》んで笑顔《えがお》になれる小説《しょうせつ》があったら、それの、どこで笑顔《えがお》になれたのかを分析《ぶんせき》してみること。参考《さんこう》になります。がんばって、たくさん書《か》いてくださいね。

「天才作家《てんさいさっか》スズ秘密《ひみつ》ファイル」①②③④⑤⑥⑦、そして「天才作家《てんさいさっか》スズ☆スペシャル」2冊《さつ》についての、ご感想《かんそう》を聞《き》かせてください。

お手紙《てがみ》、待《ま》っています。

では、またねっ！

FROM《フロム》 愛川《あいかわ》さくら

愛川さくら／作
A型さそり座。幼い頃からヨーロッパに興味を持ち、フランスやその周辺各国に長期の取材旅行を重ねてきた。現在は作家およびエッセイストとして多数の単行本を執筆している。

市井あさ／絵
児童書を中心に活動するイラストレーター。「霊界交渉人ショウタ」シリーズの挿絵でも活躍中。好きな食べものは卵料理とチョコレート。今は、海外ドラマを観ることにハマっています。

角川《かどかわ》つばさ文庫《ぶんこ》　Aあ1-9

天才作家《てんさいさっか》スズ秘密《ひみつ》ファイル⑦

アップルパイ姫《ひめ》の恋人《こいびと》

作《さく》　愛川《あいかわ》さくら
絵《え》　市井《いちい》あさ

2010年10月15日　初版発行

発行者　井上伸一郎
発行所　株式会社角川書店
東京都千代田区富士見2-13-3　〒102-8078
電話・編集03-3238-8555
発売元　株式会社角川グループパブリッシング
東京都千代田区富士見2-13-3　〒102-8177
電話・営業03-3238-8521
http://www.kadokawa.co.jp/

印　刷　大日本印刷株式会社
製　本　大日本印刷株式会社
装　丁　ムシカゴグラフィクス

ISBN978-4-04-631123-8　C8293
N.D.C.913　254p　18cm

読者のみなさまからのお便りをお待ちしています。
いただいたお便りは、編集部から著者へおわたしいたします。

角川つばさ文庫発刊のことば

角川グループでは『セーラー服と機関銃』(81)、『時をかける少女』(83・06)、『ぼくらの七日間戦争』(88)、『リング』(98)、『ブレイブ・ストーリー』(06)、『バッテリー』(07)、『DIVE!!』(08)など、角川文庫と映像とのメディアミックスによって、「読書の楽しみ」を提供してきました。

角川文庫創刊60周年を期に、十代の読書体験を調べてみたところ、角川グループの発行するさまざまなジャンルの文庫が、小・中学校でたくさん読まれていることを知りました。

そこで、文庫を読む前のさらに若いみなさんに、スポーツやマンガやゲームと同じように「本を読むこと」を体験してもらいたいと「角川つばさ文庫」をつくりました。

読書は自転車と同じように、最初は少しの練習が必要です。しかし、読んでいく楽しさを知れば、どんな遠くの世界にも自分の速度で出かけることができます。それは、想像力という「つばさ」を手に入れたことにほかなりません。

「角川つばさ文庫」では、読者のみなさんといっしょに成長していける、新しい物語、新しいノンフィクション、角川グループのベストセラー、ライトノベル、ファンタジー、クラシックスなど、はば広いジャンルの物語に出会える「場」を、みなさんとつくっていきたいと考えています。

読んだ人の数だけ生まれる豊かな物語の世界。そこで体験する喜びや悲しみ、くやしさや恐ろしさは、本の世界の出来事ではありますが、みなさんの心を確実にゆさぶり、やがて知となり実となる「種」を残してくれるでしょう。

かつての角川文庫の読者がそうであったように、「角川つばさ文庫」の読者のみなさんが、その「種」から「21世紀のエンタテインメント」をつくっていってくれたなら、こんなにうれしいことはありません。

物語の世界を自分の「つばさ」で自由自在に飛び、自分で未来をきりひらいていってください。

ひらけば、どこへでも。——角川つばさ文庫の願いです。

角川つばさ文庫編集部